coleção
reconstruir

SONIA RODRIGUES

Eu sou Maria

Reconstrução livre de *Os doze trabalhos de Hércules*

Ilustração
BRANCA ESCOBAR

Conforme a nova ortografia

Formato

Eu sou Maria / Os doze trabalhos de Hércules
Coleção *Reconstruir*
Texto © 2008 SONIA RODRIGUES
Ilustração © BRANCA ESCOBAR
Ilustração © ANGELO ABU

Gerência editorial: Rogério Gastaldo
Coordenação editorial e de produção: Edições Jogo de Amarelinha
Assistência editorial: Kandy Sgarbi Saraiva e Solange Mingorance
Preparação de texto: Ronaldo Antonelli
Auxiliares de serviços editoriais: Andreia Pereira e Rute de Brito
Estagiária: Camila Amaral Souza
Edição de arte e diagramação: Jairo Souza
Revisão: Miriam de Carvalho Abões e Adriana de Oliveira

Dados Internacionais de Catalogação na Publicação (CIP)
(Câmara Brasileira do Livro, SP, Brasil)

Rodrigues, Sonia
Eu sou Maria ; reconstrução livre de Os doze trabalhos de Hércules / Sonia Rodrigues ; ilustração Branca Escobar, Angelo Abu. – São Paulo : Formato Editorial, 2008. – (Coleção Reconstruir)

ISBN 978-85-7208-551-9
ISBN 978-85-7508-552-6 (professor)

1. Literatura infantojuvenil I. Escobar, Branca. II. Abu, Angelo. III. Título. IV. Título: Os doze trabalhos de Hércules. V. Série.

08-07201 CDD-028.5

Índices para catálogo sistemático:
1. Literatura infantojuvenil 028.5
2. Literatura juvenil 028.5

SARAIVA S.A. Livreiros Editores
Rua Henrique Schaumann, 270 – Pinheiros
05413-010 – São Paulo – SP
PABX: (0XX11) 3613-3000
www.editorasaraiva.com.br

Atendimento ao professor: 0800-0117875
falecom@formatoeditorial.com.br

Visite nosso *site*
www.formatoeditorial.com.br

3ª tiragem, 2012

Impressão e Acabamento Assahi Gráfica e Editora.

SUMÁRIO

Para quem desvendou o enigma com Maria.

Para o garoto bonito que ensinou
uma garota esquisita a ser feliz.

Para Jorge e o quase milagre do nosso reencontro.

RISCO

Eu sou Maria. Não sou cargueira, não sou vapor, não sou biscate, não sou doidona. Nem quero ser porque, depois que a gente vira, deixar de ser fica difícil.

Tenho 14 anos, vou fazer 15. É importante dizer o que eu não sou, porque minha vizinha cumpre três anos no Educandário Santos-Dumont, na Ilha do Governador. Quatro meninos que cresceram comigo estão na "boca" e duas colegas engravidaram de caras que conheceram em bailes *funk*. Esbarraram, ficaram, engravidaram.

Eu moro na favela, que as pessoas chamam de comunidade. Eu me sinto idiota chamando assim, porque comunidade é uma palavra menos bonita do que favela e não muda nada do que a favela é.

Tenho implicância com palavras. Tenho implicância com um bocado de coisas, mas com palavras e nomes tenho mais. Meu nome de verdade é Priscila Maria, um nome composto que também acho idiota. Só não é pior que os apelidos que me colocam na escola desde pequena. Pri, que ideia chamar alguém de "Pri"! Eu sou apito, por acaso?

Eu gosto mais de estudar que de trabalhar, o que é ruim, porque não vou para a rua ajudar minha mãe, que é camelô.

Descobri o Prêmio Monteiro Lobato, Jovens do Futuro, na casa do Gero, meu vizinho. A mãe dele montou uma *lan house* aqui na favela. Comprou dois computadores usados, colocou na sala e cobra um real por hora para a gente usar. Isso foi no ano passado. O Gero toma conta, e foi assim que eu conheci ele. Porque gosto muito de mexer em computador. Outro dia, entrei lá e vi o cartaz na parede.

Concurso de redação para jovens de 14 a 21 anos. Prêmio para 36 jovens estudarem durante um ano no colégio no Rio de Janeiro. Curso grátis, passagem, comida, material escolar. Os doze melhores receberão bolsa para o curso que escolherem depois. Ensino Médio e universidade. Até o fim. Com tudo pago. Isso é o melhor. Porque a bolsa ajuda, mas como é que eu vou estudar num colégio bom, numa universidade depois, sem ajuda para passagem, para alimentação, para comprar livro? Bolsa só não resolve, pensei. Mas essa é uma "bolsa tudo". Essa eu quero.

Fui lendo em voz alta, empolgada, esqueci até que o Gero estava lá, mas, quando terminei, ele estava olhando para mim e sorrindo. Disfarcei, entrei no *site*, li o roteiro do que precisava constar na redação e estou enviando uma para concorrer.

O roteiro diz que é para escrever com sinceridade. O que a gente é, onde a gente mora, como a gente vive.

Sou estudante do nono ano de uma escola pública de São Gonçalo, Rio de Janeiro. Não estou atrasada na escola, apesar de não ser boa aluna. Parece que é um defeito, mas não é, porque eu quero ser boa aluna e, se vocês me derem essa bolsa, vou ser.

Minha escola é velha, suja e feia. Meus professores ensinam coisas que eu não consigo aprender. Meus colegas que falam "já é", "formou", gritam na sala. Alguns professores imitam o jeito deles de falar para ficar bem com a turma. Os professores que não imitam chegam a ficar roucos de gritar para o pessoal parar de bagunçar, e eu não consigo aprender nada.

Minha mãe se juntou cedo com meu pai. Ele é uma pessoa legal, mas foi embora. Tenho dois irmãos mais novos que eu, e até o ano passado minha mãe cuidava da gente e da casa com a ajuda de bolsas do governo. Esse ano conseguiu vaga para os meus irmãos no mesmo horário em que eu estudo e começou a trabalhar de camelô no calçadão de Alcântara.

Minha mãe não conheceu o seu pai, minha avó é alcoólatra. Minha mãe tem medo, o tempo todo, do "rapa", dos traficantes, da polícia, dos bailes *funk* que acontecem por aqui. Eu não quero ter medo de tudo o tempo todo. Por isso eu quero a bolsa. Para sair.

Não tenho medo. Tenho é raiva. Das coisas que a mãe tem medo. Dos caras que minhas amigas conhecem nos bailes *funk* e maltratam elas, mas quando eu digo para elas largarem mão dos caras, elas ficam contra mim, dizem que eu não sei nada porque não aproveito a vida, porque minha mãe não deixa, e aí fico com raiva de minhas amigas, de minha mãe e das coisas de que minha mãe tem medo. Eu não quero ter raiva o tempo todo.

Acho bom ser como sou porque assim não engravido aos 14 anos, não passo mal de vomitar com bebida, nem fico ligada em quem vai ser preso ou morrer cedo, como já aconteceu com várias meninas que eu conheço. Mas me sinto metida escrevendo isso e não queria me sentir assim por ser diferente.

Não sei quem foi Monteiro Lobato, sei que tem a ver com o Sítio do Picapau Amarelo a que meus irmãos assistem na TV. Fiz tudo como ensina o *site*. Onde moro, onde estudo, como vivo, por que eu quero ser uma das 36 escolhidas. Fui sincera. Usei o corretor ortográfico e passei algumas frases na internet quando tive dúvida se estava escrevendo direito. Ao todo, gastei seis horas na *lan house* da mãe do Gero para fazer essa redação digital. Tomara que eu ganhe o prêmio. Sem querer ser metida, mas já sendo, acho que mereço ganhar.

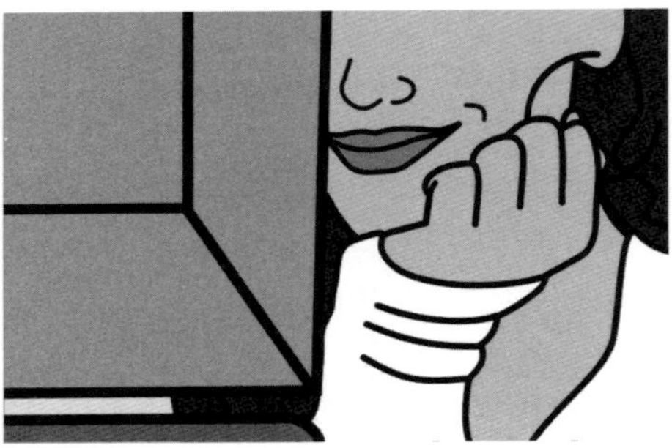

APOSTA

– Ela está na listagem da pré-seleção.

– Sou contra. Acho que essa menina vai causar problemas. O desnível é grande demais.

– Como assim? Dos 86 que vieram na primeira lista, 48 têm o mesmo perfil que ela. Favela, mãe sozinha, escola fraca, amigos da mesma idade no tráfico...

– A diferença é que os outros nós descobrimos no questionário social. Ela declarou tudo na primeira carta. Prefere perder.

– Eu concordo com a Jussara que é o mesmo perfil e discordo de você de que ela prefere perder. Está ganhando até agora. O edital falava em sinceridade.

– A entrevista com a mãe depõe contra. Ela precisa levar os irmãos à escola, é a mais velha, a gente vai despir um santo para vestir o outro.

– Os irmãos são um problema da mãe, da família. Nós somos a comissão julgadora de um concurso de redação.

– Como educadoras, temos de considerar todos os elementos envolvidos.

Candidata: Maria

– A assistente social acha que a situação familiar pode impedir que ela vá até o final do curso preparatório.

– Cláudia, o edital prevê isso. Nós vamos selecionar 36 para o curso, e só doze receberão o prêmio. Você não quer deixar nem que ela tente.

– Não é nada pessoal. Acho apenas que outros candidatos demonstram mais equilíbrio, menos raiva contra situações adversas do que essa menina. Ela parece agressiva, ressentida. Crítica demais em relação aos colegas, aos professores, aos vizinhos.

– Se ela fosse ressentida, nem tentava conseguir a vaga, e todo adolescente de 14 anos que eu conheço é crítico demais em relação aos colegas, aos professores e aos vizinhos.

– Bom, não podemos perder a tarde toda discutindo a candidatura de Maria.

– Priscila Maria.

– Cláudia, ela prefere ser chamada de Maria, apenas.

– Nem sempre a gente pode ter o que quer. Nós vamos tirar a menina do ambiente dela, sem convicção de que ela vai se adaptar a um ambiente novo.

– Nós vamos escolher 36 jovens para saírem do ambiente deles, sem certeza de que eles vão se adaptar ao ambiente novo.

– As notas dela são apenas medianas, muitos dos que estão na listagem se destacam numa coisa ou em outra. Vários com nove, dez em Matemática. Matemática, vejam só! Podem ser gênios.

– Podem também só saber Matemática.

– Eu não estou dizendo, Jussara, que devemos só escolher os que são bons em Matemática, existem os que têm ótimas notas em Redação, cartas de candidatura muito melhores do que a dela.

– Quem garante que não pediram a alguma professora para corrigir antes de mandar?

– Ela assume que consultou a internet. Deve escrever em dialeto: Aki, vc, rs, carinhas...

– Ótimo. Uma adolescente antenada com seu tempo.

– Vamos ou não vamos dar uma chance?

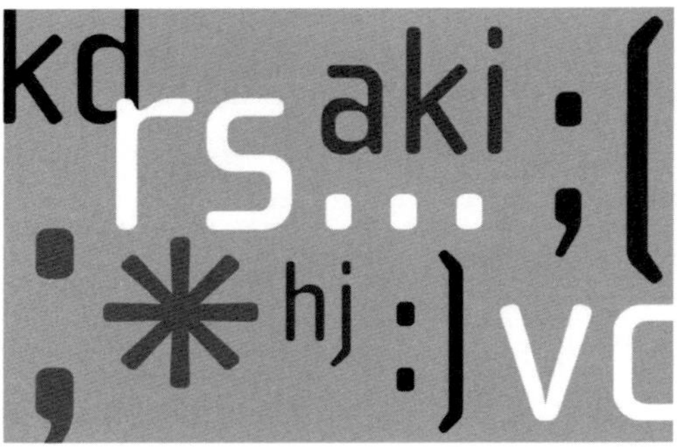

ARMADILHA

Ela comprou um manual de Língua Portuguesa no jornaleiro, no ponto em que espera a condução, *van* ou ônibus. Vai no que vier primeiro; a ponte, na hora em que sai do colégio, está sempre engarrafada.

Ela senta no banco do ponto de ônibus, põe a mochila no colo e começa a ler. Não me viu. Não presta muita atenção nas pessoas em volta, porque é a terceira vez que pego ônibus aqui, não para Alcântara, mas para Niterói, e já cheguei ao ponto duas vezes no mesmo horário e ela não me notou. Mas acho que, se alguém chegar muito perto, ela nota. É porque eu não chego. Não há necessidade.

É uma dos 33 jovens selecionados para o curso preparatório do Prêmio Monteiro Lobato. Não faz dois meses que as aulas começaram e três já desistiram. Dois rapazes, o Vagner e o Zilton. O Vagner não era despreparado, boas notas, quieto, bem comportado, ria de nervoso quando alguém falava mais alto. Saiu por isso. Porque ria de nervoso e a turma ria dele.

Diz a Rádio Corredor que aconteceu mais. O Leo, do segundo ano, teria dado corda para o Vagner se enforcar. Conversando com ele na saída, se fazendo de amigo, apresentando para as meninas do grupo, pedindo à irmã que o convidasse para a festa de 15 anos. O Vagner foi se "achando", como eles dizem, e perdeu a cabeça quando descobriu que era tudo armado para fazê-lo se sentir à vontade antes do bote.

Para manter um emprego durante mais de trinta, quase quarenta anos, um emprego num lugar onde a gente gosta de trabalhar, é preciso não dar conversa para a Rádio Corredor. Não acusar sem provas, não se guiar por fuxicos. Eu gosto do colégio, gosto das crianças que estudam aqui, principalmente quando são mais novas. Adolescentes ricos, muitas vezes, são difíceis de lidar. A maioria, não. A maioria é gente bacana, alguns me chamam de tio, desde o primário, dão presente de Natal, seguem as regras. Só que adolescentes costumam dar trabalho hoje em dia. É moda. No meu tempo, quando comecei a trabalhar no colégio, há 38 anos, ninguém, de barba na cara, mas vivendo de mesada, pensaria em dizer e fazer as coisas que esse pessoal diz e faz. Mesmo entre os adolescentes que são legais, de famílias simpáticas, ordeiras, volta e meia, aparece um mais abusado. Os tempos mudaram.

Como inspetor, sou orientado a levar ao conhecimento da coordenação qualquer malfeito de aluno. Desde que eu possa provar que alguma coisa foi realizada mesmo. Não posso inferir, supor, ouvir dizer que fulano fez ou aconteceu. "Isso aconteceu ou é ilação sua?", um diretor me perguntou uma vez. Só uma, nunca mais cometi o mesmo erro. A maioria dos que estudam aqui é de filhos, alguns são netos, de pessoas que estudaram aqui. Nenhuma família ia ficar feliz por seu filho ter sido julgado, avaliado, condenado por algo que não fez. Ou que não se pode provar que fez.

Não sei se o Leo abateu o Vaguinho como a Rádio Corredor diz: o menino teria aparecido na festa com um traje passeio completo, alugado; teria bebido e sido posto num completo ridículo, inclusive se declarando apaixonado pelo Leo para as duas meninas que estudam com ele, desde o jardim de infância.

Não se falava em outra coisa, dizem, depois da festa. Eu não sei. Não vi nada, não ouvi nada, só o Vagner se trancando no banheiro durante a aula de Educação Física, vomitando as tripas, se recusando a voltar para a atividade, um torneio de vôlei de duplas. Fui chamado pelo inspetor do turno, um rapaz ainda novo, sem paciência e sem autoridade para resolver sozinho os problemas. Entrei no banheiro, argumentei, disse que a professora fazia questão de que ele voltasse, não teve jeito.

A mãe foi chamada à escola para buscá-lo; veio. Ela é costureira, é viúva, é espírita. Já tinham lhe avisado que esse menino ia dar muito trabalho, ia sofrer muito nessa encarnação. Ele é filho caçula, os dois irmãos trabalham num supermercado, moram próximo ao morro do Andaraí. A vizinhança comentou durante dias o orgulho que era o menino ter vencido o concurso. Mais de dois mil concorrentes, e ele estava entre os 36 vencedores. Não era um lamento, apenas uma constatação, e ela saiu de mãos dadas com o filho, muita gente foi para o lado de fora assistir, o Leo estava com a expressão inocente que ele faz desde pequeno quando talvez tenha, talvez não tenha, alguma culpa, mas ninguém pode provar.

O Vagner não quis voltar para o colégio. O irmão mais velho mandou uma carta cheia de erros de português, avisando o coordenador. Quatro linhas, o coordenador me mostrou, perguntando se eu sabia de alguma coisa. Eu não soube de nada. Só o que disse a Rádio Corredor. Sem provas.

A segunda deserção foi o Zilton. Ele é mulato, bonito, parecia ter talento para desenho, o teste vocacional apontou para programação visual ou Belas Artes. Mas ele fala errado, quase todo mundo que vem do morro fala uma ou outra coisa errado, eu, inclusive, falava. Não errado de butique como os alunos daqui falam – "mó bom", "demorô", "aí, cara" e outras expressões para mostrar que eles são enturmados. Errado mesmo. "Própio", "protistuta", "pobrema", "nós vimo", "nós vai".

Num instante se aprende a falar certo, é só quem está em volta ter educação e deixar que a gente imite. Eu aprendi assim, imitando os que falavam certo. Mas, hoje em dia, os alunos aprendem de pequenininhos a manifestar seus sentimentos, e o Leo e seu grupo começaram a "zoar" da maneira que eles falam, tudo muito disfarçado, parecendo brincadeira. O Zilton foi tentando se manter no prumo, eles zombavam do que falava, ele corrigia, zombavam das bermudas com que ele vinha para o colégio, ele comprava outra. Mas é claro que não dava para ele comprar uma bermuda por semana e, dizem – de novo a Rádio Corredor – que passaram a chamá-lo pelo nome da loja de departamento onde as suas bermudas foram compradas. Um dia, descobriram que o tio do Zilton está preso por tráfico. O garoto passando, no recreio, um dos colegas fez uma piada, perguntou se ele era vapor nas horas vagas. Parece que foi isso, o inspetor que ouviu não tem certeza, não ouviu direito, porque o Zilton pegou o rapaz, um dos menores da turma do Leo, e desceu o braço. O Leo se meteu para defender o colega, tentando segurar o Zilton, esse reagiu, tomou uma surra. O Leo luta jiu-jítsu.

A segunda desistência. O Zilton foi chamado à coordenação, se exaltou, disse que esse era um colégio de mauricinhos, de otários, era perda de tempo acreditar nesse prêmio babaca, pobre nunca tem chance mesmo, disse tudo o que lhe veio à cabeça, eu ouvi. Deixou o diretor e o coordenador furiosos. O diretor e o coordenador nunca foram pobres, não sabem a raiva acumulada que essa garotada carrega. Zilton foi convidado a sair da escola.

Esse não desistiu, foi desistido. A terceira foi uma menina, Aline, mora perto da Maria, muito mais preparada, estudou em escola particular no primário, outra base, mais bonita também.

Desde os primeiros dias de aula, assim que chegaram, dava para notar que estavam apaixonadas pelo Leo. Ele é o "cara", como dizem os meninos. Muitas garotas se apaixonam por ele. Eu acho que ele vai acabar casando com a Moreira, a Cláudia. São colegas há quatro anos, vão e voltam num namoro cheio de brigas, mas quando estão juntos, entrando ou saindo do colégio de mãos dadas, é nítido que são muito parecidos e muito bonitos juntos.

Nas primeiras semanas desse ano estavam separados, tentando ser amigos. As meninas entraram no programa preparatório para o prêmio, ele deu corda para as duas, não sei por que descartou a Maria, ficou com a Aline numa festa, depois em outra. E depois não quis mais, voltou com a Cláudia. Aline insistiu, escreveu no Orkut dele, passava na porta da sala dele, mandava recados. Assim se apurou depois. Depois que umas fotos dela com um rapaz, talvez ele, no banheiro de uma festa, quase fazendo sexo, foram parar na internet.

O padrasto de Aline veio aqui comunicar que a enteada não voltava. É um feirante baixinho, cearense, foi severo na crítica a ela, à mãe que não deve ter tomado conta direi-

va script http:// @ www blog
http://www proib
cesso www @ http: com.br @java script http:/
http://www proibidoacesso www @ http: com.
www blog
java script http:// @ www blog
p://www proibidoacesso www @ http: com.br @
a script ht
ww blog
: com.b

to da filha, apesar de ficar em casa o dia inteiro e não trabalhar. Só cuidar dos cinco filhos que ele sustenta. Avisou que vai tomar providências para que ela não cometa mais esse tipo de erro, que não aconteceria se, em vez de estudar em colégio de rico, trabalhasse e servisse ao Senhor. Na saída, perguntou ao coordenador: "Que tipo de homem é esse que vocês têm aqui que põe na internet a foto de uma moça de família fazendo porcaria? Parece coisa do demônio".

Dessa vez o coordenador passou em todas as turmas e falou da decepção com os possíveis infratores. O que filmou, o que chamou alguém para filmar, os que sabiam quem tinha feito isso e não denunciavam. Dessa vez o diretor me pediu que ouvisse a Rádio Corredor e lhe reportasse as notícias.

As notícias eram que Leo tinha convidado a bolsista para uma brincadeira no banheiro. Aline havia topado, alguém gravou e colocou na internet, mas já no final da festa Leo estava com Cláudia, e Maria havia segurado Aline, bêbada, para não avançar nos dois.

Nenhuma prova contra Leo. No vídeo publicado o rosto dele não aparecia. Só o de Aline, a terceira baixa no programa, a demonstração de que misturar pobres e ricos para receber as mesmas oportunidades nem sempre dá certo. "Ainda mais meninas deslumbradas com candidato a boiola e candidato a traficante". Foi o que alguns disseram nos corredores do colégio. Um ou outro professor concorda, mas não diz. Ninguém aqui é louco de defender a manutenção da desigualdade social abertamente. Não se quiser continuar na folha de pagamento.

Uma semana antes das provas de bimestre, eu estava preparando um relatório, quando alguém passou um envelope por debaixo da minha porta. Antes de olhar o que era, fui ao corredor a tempo de ver Maria se afastando com as costas bem retas, como eu tinha observado que ela vem tentando manter desde que entrou no colégio. Fiquei olhando; quando chegou ao ponto em que ela ia sumir de vista, virou para mim e me olhou séria, sem dizer nada.

Eu voltei, abri o envelope. Fotos tiradas, provavelmente, com uma câmera digital de baixa qualidade, mas eram nítidas. Eram do banheiro da escola. O banheiro masculino. Leo espalhando lança-perfume na camisa e Cláudia abraçada a ele, Leo entregando comprimidos a dois colegas, um deles o irmão de Cláudia de 12 anos, que estuda no sétimo ano, Leo passando pó na gengiva, Cláudia passando pó na boca e ela e Leo se beijando. Cocaína, claro.

– Como ela conseguiu isso? – perguntou o diretor quando levei as fotos direto para ele. Sem passar pelo coordenador ou pela orientadora educacional. Sem intermediários.

– Não tenho a menor ideia – respondi.

Claro que eu tinha várias ideias. Antes de conversar com ele, estive no banheiro dos garotos. Alguém fizera um buraco no forro do banheiro, ficara de tocaia, alguém que sabia qual era o ritual da passagem de droga na escola. Informação de Aline, talvez, que deve ter cheirado lança-perfume antes de quase fazer sexo com ele no banheiro, na noite da festa. Leo se referira a Aline como "a coitada". Cláudia diz "aquela baranga" de São Gonçalo. Informações da Rádio Corredor. Essa parte não falei.

Eu tenho duas filhas e três netas. As filhas são bem casadas, nunca precisaram enfrentar rapazes desse tipo. As netas são pequenas, tomara que não encontrem pela frente um Leo, mas pelo sim, pelo não, minha lealdade ao colégio não vai ao ponto de comprometer Maria por vandalismo ou deduragem. Eu suponho que foi Maria que tirou as fotos e, para tirar as fotos, arrebentou o forro. São suposições. Aqui no colégio suposições não valem.

– Leonardo Oliveira Mendes continua chegando atrasado?

– Atrasado, sem camisa do uniforme, respondão – informei.

– Deixa para lá as respostas. Uniforme fora do padrão, advertência. Seja firme, seja justo. Três advertências, suspensão por quinze dias. Reincidência, expulsão. E essa menina bolsista, fica de olho nela.

A suspensão coincidiu com as provas bimestrais. Leo perdeu todas, ficou furioso, entrou na sala do coordenador esbravejando, os pais foram chamados, aconselhados a transferi-lo para outro colégio, ele seria mais feliz numa escola com outro padrão de exigência. O pai é ex-aluno, a mãe tentou argumentar, o pai fez sinal para que parasse. Aceitaram com elegância. Eles são elegantes, os pais de Leonardo.

Quando vou a Niterói, vejo Maria no ponto. Fico pensando onde ela arranjou dinheiro para armar a história das fotos. Deve ter juntado dos dez reais que recebe de auxílio por dia. Duzentos reais por mês. Fora o vale-transporte e as três refeições no refeitório da escola.

Saíram as primeiras notas. Ela não foi muito bem. Mediana para fraca. Deve ser por isso que comprou os fascículos de Português na banca de jornal. Para não ficar para trás, para não fazer feio. Eu fico de olho nela, quando a encontro no colégio. Ou no ponto de ônibus. De olho e torcendo.

ENIGMA

A mãe do Gero comprou mais um computador e uma impressora que só falta falar. Comprou pela internet, ou melhor, o Gero comprou com o cartão de crédito dela. Muita gente tem cartão de crédito, inclusive minha mãe camelô, mas só algumas pessoas conseguem gastar o cartão para ganhar dinheiro. A mãe do Gero é uma.

Eu fiz as contas: com o que eles cobram, dá para pagar logo. Eles cobram para usar a internet, para digitar, cobram as cópias. Apesar de ele não ter me cobrado para copiar as fotos. Disse: "Um dia você me paga, quando for rica". Ele acha que eu vou ser rica. Fiquei um pouco menos zangada com ele depois disso.

Consegui escrever seis linhas sem um gerundismo. Quando comecei no colégio eu falava "esse final de semana vou estar fazendo o trabalho de Geografia, em casa", e as garotas arregalavam uns olhos para mim e eu sem entender por quê. Elas não diziam nada. Só olhavam. E falavam pelas minhas costas. O livro de gramática que eu ganhei, no colégio, não ensina a falar. Eu ficava com raiva, mas não sabia o que fazer. Até que vi na banca de jornal um passo a passo e comprei. Venho para casa no ônibus lendo e tento não falar errado no colégio. A raiva diminui quando resolvo as coisas.

Soube pela Aline que elas estavam falando mal dos meus erros quando fiquei com o Leo na festa de quinze anos da irmã dele. Ainda bem que só a Aline viu que fiquei com ele. Mesmo ela me xingando como xingou. Eu não sabia que ela era a fim dele, nem que ele era namorado da Cláudia, nem que eles estavam armando para cima daquele menino boiola que entrou no programa junto com a gente. Foi Aline que contou para todo mundo, no final da festa, que o menino estava apaixonado pelo Leo. Eu quase passei sabão na boca – como minha mãe diz que a mãe dela fazia se ela dizia palavrão, quando era pequena – por ter beijado o Leo, ficado com o Leo. Ainda bem que a Aline não contou para ninguém que eu o tinha beijado perto da piscina, porque se ela tivesse contado, eu ia ter que bater nela e seria expulsa do programa.

O livrinho que eu comprei ensina a não usar três verbos quando a gente pode usar um só ou dois, mas acho mais legal escrever "eu ia ter que bater nela" do que "eu teria batido nela". Não sei por que, mas acho mais a minha cara. Aprendi também a colocar aspas quando tiro palavras do texto de alguém. Agora, por exemplo, tirei do meu mesmo. Aspas dão um "tchan", disse a professora de Português, a mais legal do colégio, que tem muitos professores legais. Coloquei *tchan* entre aspas porque é uma onomatopeia. Não sei se fiz certo. Vou perguntar para a professora.

Só fiquei com o Leo porque estava com raiva do Gero. Ele arranjou uma namorada no asfalto, fora da "comunidade". Ela fala "comunidade" em vez de favela, para não ofender o Gero, acho. Fico morta de ciúmes. Claro que não fico morta porque morto não escreve, é sentido figurado, só morto de *Memórias póstumas de Brás Cubas*, livro que vou ler no ano que vem se eu ganhar a bolsa para continuar no colégio. Não fiquei morta, mas fiquei fula de ver os dois se beijando no puxado que a mãe dele mandou levantar para caber os computadores e não misturar os fregueses com a casa deles.

Mentira minha. Eu fiquei com o Leo porque achava que ele era bonito, com aqueles cabelos louros, aquelas sobrancelhas que parecem feitas à pinça, o jeito de rico que ele tem.

Mas depois do que ele fez com o Vaguinho e, pior ainda, o que ele fez com a Aline, que estava apaixonada por ele de verdade, me deu tanta raiva que só arrancando o couro dele minha raiva ia passar.

O Gero nunca faria isso, uma coisa covarde e sonsa como essa. Mas pode fazer coisas quase tão ruins. Como namorar essa "biscate", trazer essa "biscate" para conhecer a mãe dele.

Estou sendo imprecisa, como diria o professor de Matemática, que é um metido, mas tem me ensinado um bocado de coisas. A loura de cabelo esticado que o Gero está namorando não é uma "biscate". É um pouco mais velha do que ele, faz contabilidade numa universidade particular, vai arranjar emprego no escritório em que o pai trabalha. Conheceu o Gero porque o irmão dela dá aula no pré comunitário que ele frequenta. Ela só sai com ele, com mais ninguém, que eu saiba, mas basta isso para ela não prestar. Para mim.

O apelido se escreve com G, mas o nome dele é Jerônimo. A mãe, dona Suely, é frequentadora de centro de umbanda e, dizem, colocou esse nome no filho porque lhe disseram que ele ia nascer filho de Xangô. Xangô para uns é São Jerônimo, para outros é São João Batista. Ela colocou o nome do filho de Jerônimo porque achou mais bonito que João. Isso é o que contam. Ela fazia salgadinho para fora e o Gero saía para entregar nas biroscas depois da aula. Praticamente é filho único, esse peste. A irmã mais velha se envolveu com um cara da "boca" e a mãe foi conversar com o dono do morro e pedir para o sujeito não chegar mais perto da filha dela. O Gero ainda era pequeno, eu era menor ainda, nem me lembro da irmã dele. Isso foi há três donos do morro atrás. Era um cara mais velho, que não usava drogas, conhecia a mãe do Gero de algum lugar e foi morto pelo penúltimo dono do morro. O falecido concordou em proibir que o sujeito continuasse a ver a menina, e a mãe a tirou daqui. Mandou para Belo Horizonte, dizem que ela casou e virou crente, de vez em quando a mãe vai visitar, ou vai o Gero. Agora que ele tem quase 18 anos. Um dia vai levar a namorada que pinta o cabelo de louro, e aí que vou cair dura e morta de raiva.

Se eu não fosse tão apaixonada pelo Gero, era bem capaz de ter caído na cilada em que a Aline caiu, porque eu podia querer ficar mais vezes com o Leo. E sem a minha mãe para pedir a intervenção do dono do morro, porque, no colégio, o Leo era o próprio dono. Não da "boca", ele não é traficante, só compra de alguém e revende para os amigos. Mas ele é o "gerente" do pessoal que não presta e que mete medo em quem presta, então ele é o dono. Hoje ficou a Cláudia no lugar dele.

Gente ruim tem sempre substituto, minha avó disse outro dia. Ela sabe o que diz porque, como gosta de beber o tempo todo, vive conhecendo gente ruim. Ela diz que gente boa acaba sendo deportada dos lugares pelos que não prestam. Pode ser que ela tenha razão, mas, se bebesse menos, talvez encontrasse menos gente ruim. Minha mãe diz que eu não devo falar assim da minha avó, porque ela é mais velha, sofreu muito, bebida é doença, e ela não tem culpa de ser doente. Minha mãe tem razão e eu fico no maior remorso quando sou grossa com ela, mas doença se trata e minha avó não faz o que o médico manda (nem vai ao médico para dizer a verdade, só arrastada por minha mãe), porque apesar de ser doente, ela bebe também porque gosta.

Eu não quero ser deportada do colégio. Lá tem garotas ruins, mas tem gente boa. Pena que eu não saiba como falar e conviver com eles. Ou fico com raiva ou fico na minha.

O melhor mesmo são os professores e o centro de mídias. Os computadores da mãe do Gero não chegam nem perto. Outro dia, a professora de Português deu uma aula de metalinguagem junto com a professora de Inglês, no Centro de Mídia, sem as cadeiras, colocou no YouTube duas músicas do tempo delas. Foi muito divertido, porque eram músicas (canções, porque têm letras) para dançar que ensinam a dançar, e a gente foi lendo a letra no telão e fazendo o que a letra dizia, e num instante todo mundo estava dançando e entendendo o que é metalinguagem. Elas falaram como se aprende uma linguagem estrangeira, o ritmo para falar inglês – *jump up* e *step down*, eles marcam em cima e vão descendo – diferente do nosso, eles articulam mais, por isso não entendem o que a gente fala, mesmo quando a gente fala direito, e é por isso também que a gente acha engraçado os turistas falando português.

Eu nunca tive uma aula tão boa e tanta vontade de aprender inglês, mas o dinheiro não dá ainda para comprar revista em inglês, tenho que esperar um pouco. Mas já estou contente de conseguir escrever sem gerundismo e de começar a entender um pouco mais outra língua. O colégio é como um parque de diversão, apesar de ter alguns bichos que mordem.

Tudo isso devia me deixar contente o tempo todo, mas hoje cheguei em casa e minha amiga Laís estava chorando. Ela tem a minha idade, está grávida, e o exame deu que o neném vai nascer com defeito. O namorado ainda ficou dizendo que a culpa é dela por ter ido à maternidade da universidade, no Rio, onde eles fazem todo tipo de exame. E eu me senti culpada porque fui eu quem deu a ideia de fazer um pré-natal mais forte, porque aprendi na aula de Biologia que gravidez aos 15 anos é gravidez de risco. A gente não deve se meter na vida dos outros, bem que minha mãe diz, mas eu não aprendo.

Hoje aconteceu um debate na aula de Química sobre resiliência. Eu sabia que ia acontecer o debate e fui, tarde da noite, à casa do Gero, pesquisar na internet, porque não tive tempo de ver na biblioteca os textos que o professor indicou. Perdi dez minutos da aula que era no primeiro tempo, porque a polícia está tirando as *vans* da rua e os topiqueiros incendiaram três ônibus no meu bairro. Se um vizinho não tivesse avisado, tarde da noite, era capaz de eu ter perdido as aulas todas. Teria perdido, se não tivesse acordado mais cedo e saído duas horas antes.

Eu devia ter conferido os textos antes. Tenho feito isso, tal como ensinou a professora de estudo dirigido. Mas o namorado da minha amiga Laís bateu nela, de novo, e ela brigou com a mãe, de novo, e a mãe a colocou para fora

de casa, e ela foi dormir na minha. Como sempre faz. Desde o sexto ano, o último que estudamos juntas, porque foi aí que ela conheceu o Marquinhos e parou de estudar.

Não tem outro lugar para ela dormir na minha casa, a não ser na minha cama, e ela chorou a noite inteira, quer dizer, chorava, dormia, acordava, chorava, e eu não consegui dormir direito. Por isso não fui à biblioteca, porque estava morta de sono, doida para voltar para casa, para dormir na *van*, para pesquisar na internet. E para ver o Gero, ele nunca bateria numa namorada. Ainda mais grávida.

A orientadora educacional do colégio participou do debate sobre resiliência e deixou o professor de Química "bolado". Ela disse que algumas pessoas apresentam uma grande capacidade de resiliência porque não se deformam quando submetidas a grandes pressões, ou, então, depois de submetidas a grandes pressões, voltam a ser elas mesmas, retornam a suas formas originais.

O professor de Química não gostou do que ela disse; ele não gosta que a gente tente adaptar o assunto da aula dele "assim, sem mais nem menos" ao conteúdo das outras matérias, porque a gente acaba não aprendendo nem uma coisa nem outra. Disse também que todos os materiais sofrem mudanças de forma quando submetidos a grandes pressões e que não retornam a suas formas originais porque continuam sendo os materiais que eram *mais* as transformações que sofreram. Portanto, não são mais o que eram anteriormente.

A orientadora insistiu que o paralelo entre ciências naturais e sociais era importante para que os alunos não vissem a ciência como uma coisa dura, apartada das questões humanas. Segundo ela, a capacidade de resiliência pode e deve ser ensinada e, esclareceu, estava usando a palavra "resiliência" como metáfora. O professor fez uma cara aborrecida de quem parou de escutar, e nós ficamos quietos porque ninguém ia se meter na briga deles.

Na saída da aula, a Moreira perguntou para mim: "E aí, Priscília Maria, você é resiliente?", e as vadias que andam com ela ficaram sorrindo, esperando que eu escorregasse na casca de banana.

Descobri hoje que não volto a ser o que era antes. Porque cheguei à escola com sono, fiquei com raiva da Moreira, mas sorri, disse "com licença" e fui para o meu horário no laboratório de Inglês. Fervendo de raiva, mas fui. Fazia uma semana que estava enrolando para fazer a aula *online*, porque inglês é difícil demais para mim e não consigo ir adiante, sempre erro e o programa não me deixa prosseguir.

Lá estava "compreensão auditiva, 45 minutos", e eu escutei um trecho de dois minutos e errei três em cinco frases nas quatro primeiras vezes em que tentei juntar o que tinha escutado com as frases com palavras embaralhadas. Anotei no papel as palavras que estava tentando adivinhar. Depois escutei de novo e errei duas frases em cinco, até que finalmente olhei para o lado esquerdo da tela e vi que existia um item chamado "tradutor"; olhei de novo o exercício e errava sempre na frase que tinha a palavra "gear" e eu não sabia o que era. Não dava nem para tentar adivinhar porque era um exercício sobre estacionar carro, e eu nunca entrei em outro carro que não fosse ônibus ou *van*.

Engraçado isso, pensei na hora. Nunca nem sentei perto o bastante de um motorista para observar como se dirige e estudo num colégio onde quase todo mundo tem carro. Meu pai conserta carro dos outros, mas isso não conta. Faz tempo que não vejo meu pai.

Mais uma vez estava me perdendo nos meus pensamentos. Voltei para o exercício, fiz de novo, conferindo "gear" e "reverse", acertei tudo: 58 minutos. Era para fazer em 45, tudo bem, não se pode aprender inglês sozinha, na internet, e ser rápida, ao mesmo tempo. Na primeira vez. Mas eu vou conseguir.

Estou ficando esperta para descobrir o que não sei. Isso me consola um pouco das "Moreiras" que existem aqui no colégio. Descobri hoje, na aula de Física, depois de sair do laboratório de Inglês, mais uma coisa que eu não sabia. Para que serve o X.

O professor passou um exercício que era assim: um carro percorreu, a uma velocidade de 40 km por hora, metade da distância entre uma cidade e outra. O restante, ele percorreu a 80 km por hora. Eram trechos de igual tamanho, não dizia o tempo gasto, nem que distância era essa. A pergunta era: a velocidade média ao longo do percurso inteiro foi maior, menor ou igual a de 60 km por hora?

Fiquei tentando descobrir como se fazia; primeiro achei que a velocidade era a média aritmética das velocidades nos dois trechos. Estava errada. Depois chutei que a distância era 80 km, calculei uma hora para a primeira metade e depois meia hora para a segunda metade. Isso deu um tempo total de uma hora e meia. Depois, eu gastei uns cinco minutos tentando resolver se dividia os 80 km por 90 minutos ou por uma hora e meia. Aí, eu lembrei que, para responder a pergunta do professor, eu tinha que saber a velocidade média em km por hora. Dividi e deu 53, menor que 60.

O professor perguntou quem tinha achado menor que 60. A maioria levantou a mão. Eu também, depois fiquei no maior orgulho. Não acertei sozinha, mas também não errei. Aí ele perguntou a um dos garotos como ele tinha chegado a esse resultado. Ele disse. Igualzinho a mim.

Só que o professor não ficou satisfeito com a resposta. Ele ensinou que, se a gente for por esse caminho, não tem como saber se a resposta estaria certa para uma outra distância. É necessário substituir o que a gente não conhece por um símbolo e, no caso, o melhor era substituir o fator distância.

O professor de Física usa umas palavras que são diferentes das que uso, mas para mim querem dizer a mesma coisa. Ele não diz "vou ensinar", diz "vou demonstrar".

Uma coisa importante que descobri no colégio, na aula de Português, mas principalmente na de Filosofia, é a usar "para mim", "na minha opinião", "da maneira que entendo a situação". Os professores recomendam como um exercício de precisão. Na minha opinião, ensinar e demonstrar são a mesma coisa, mas talvez não sejam. O dia em que tiver coragem, vou perguntar ao professor.

Não sei quando, tenho um pouco de medo de perguntar as coisas desse tipo na aula. Quando penso que entendi uma coisa e faço uma pergunta que (parece) vai me ajudar a entender mais, às vezes percebo que fiz uma pergunta idiota, e a turma ri e eu fico com raiva deles e vergonha de mim. Por isso, minha resposta para a Moreira seria: não, não sou resiliente porque a cada dia que passa fico com mais raiva de gente como você e mais treinada em não ser como eu sou para não me aborrecer com gente como você, então não volto a ser como eu era quando passei no concurso de redação porque eu achava que tudo ia dar certo aqui no colégio, mas aprendi que, para dar certo, preciso aprender a não atacar você de frente, não lhe dar uns tapas. Uns tapas é o que você merece, uma vadia, metida a bacana, que não passa de uma doidona.

Não sou resiliente, mas sou resistente. E estou aprendendo a fingir que não ligo para os risinhos. No meio da explicação do exercício do carro, eu perguntei se era do mesmo tipo da pergunta: "Qual das duas barcas, uma saindo do Rio e outra de Niterói, ia atracar mais rápido, se elas saíram, uma às 9h e outra às 9h30, e se encontraram no meio da baía?". O professor disse, na maior educação, que o problema do carro não era a mesma coisa, porque a barca leva 20 minutos para fazer a travessia, portanto a situação à qual eu me referia era do tipo: "Qual é a cor do cavalo branco de Napoleão?". Todo mundo riu, e eu fiz de conta que não ligava para os risos, mas me achando a maior idiota, e o professor, que não dá a mínima para perguntas ou risos idiotas, foi em frente.

O professor demonstrou que, se os trechos são de igual tamanho, a gente pode usar um símbolo no lugar do que a gente não sabe. X é a distância até o meio do caminho, percorrida a 40 km por hora. O tempo que isso leva é X dividido por 40. O tempo no segundo trecho é X dividido por 80. Usando esses símbolos, a distância inteira é 2X, o tempo total é a soma de duas frações, X dividido por 40 mais X dividido por 80, e a velocidade média pedida é o quociente entre a distância inteira e o tempo total. Então, o professor explicou – numa rapidez de quem entende tudo e que não tem nada a ver comigo, que não entendo quase nada – que X sobre um número somado a X sobre outro número dá um resultado, o tempo total, que divide o que está na parte de cima da fração que calcula a velocidade média, que é o 2X, e aí o X acaba sumindo... A essa altura, eu já tinha me perdido completamente. Enfim, para isso serve usar símbolo em álgebra. E eu nunca tinha pensado dessa forma, apesar de não me sentir muito segura, ainda, com

matemática
literatura
Física
biologia
1/4 = 2x/8x
história
x

essa ideia de cortar o X, ao final, porque aparece nos dois numeradores, no de cima e no de baixo do traço de fração. Não tive coragem de perguntar, já que ninguém perguntou nada; fazer a turma rir ou reclamar de mim duas vezes é muito numa aula só.

Pelo entusiasmo do professor, parece que essa história da utilidade do X, do símbolo, é importante. Mas, em nenhuma das provas de matemática que fiz na escola onde estudei, isso importou. Nem sei como eu passava, como conseguia média. Acho que passava porque respondia às questões colocando tudo o que eu sabia, e a professora – que era legal e aproveitava alguma coisa – juntava cada pedacinho de resposta e eu conseguia a média. Deve ter sido isso, porque eu não entendia direito e passava de ano.

Aqui no colégio, se na aula de Física for preciso parar e revisar alguma coisa de Matemática, eles revisam. Idem, se na aula de Matemática o professor usar algum conceito de Física, ele resolve o problema com a gente. De vez em quando, a professora de Literatura dá aula com a de Inglês ou de História, até mesmo a de Geografia, como ela fez quando leu com a gente trechos de um escritor de que eu nunca tinha ouvido falar chamado Tabajara Ruas, gaúcho. A Geografia era importante no caso, ela explicou.

Hoje foi três a zero para mim. A aula de Inglês na intranet do colégio, o X da álgebra para estudar Física e o riso de Gero quando eu contei para ele minhas descobertas de hoje. Ele disse: "É isso aí, Maria, mulher tem que ter atitude: não dá para bater de frente, desvia, mas não sai do prumo. Gosto de você porque é uma garota de atitude".

Fui andando, toda esticadinha, como aprendi a andar olhando as professoras que andam bonito, e escutei alguém andando apressado atrás de mim e era ele que me pegou pelo braço e disse mais:

– O professor devia estar com pressa, não queria perder a história do carro, mas a tua pergunta não é igual a qual a cor do cavalo branco de Napoleão.

– Não é igual? – perguntei escutando minha própria voz, mansa, quase escorrendo, completamente diferente da voz que uso com minha mãe, meus irmãos, minhas amigas.

– Claro que não. Primeiro que nem toda barca leva vinte minutos. As novas levam 12, algumas 15. Você não disse que tipo de barca era. Segundo que as duas já saíram com meia hora de diferença, então uma era mais rápida mesmo.

– Eu fiquei tão sem graça, nem pensei nisso – respondi, e não sei como ele não estava percebendo minha voz cada vez mais "ai, Gero, como você é bonito, inteligente, deixa aquela loura e fica comigo".

– Onde foi que você viu esse problema? – Ele estava com aquele olhar que faz quando vai aprontar alguma surpresa, e foi bom porque minha voz voltou ao normal rapidinho.

– Minha avó é que perguntava quando eu era pequena.

– Então é isso. Está faltando alguma coisa, ou a pergunta está errada. – Ele sorriu satisfeito como se entendesse, afinal, por que não tinha entendido tudo.

Porque a minha pergunta estava errada. Igual ao professor de Física.

– É mesmo, Gero? Vou tentar lembrar qual é a pergunta certa.

– Faz isso, e a gente tenta resolver junto. – Ele sorriu mais ainda e largou meu braço. Devagar.

Virei rápido para subir até minha casa e dei de cara com o riso do Polenguinho, um garoto que estudou com meu irmão do meio e fica sentado num sofá velho, no meio da ruela, com uma arma escondida debaixo da perna, tomando conta de quem chega, de quem sobe, para o pessoal que vende drogas.

– Aí, Pri, se derretendo pra cima do Gero! Só não vê quem não quer.

Quase dei um "sacode" no garoto, como faço com meu irmão quando me enche a paciência. Mas relevei. Três a zero. Com um placar desses limpando a área, deixando o dia mais bonito, quem liga quando um pirralho chama a gente de apelido idiota? Não eu.

DESERTO

Há três meses, mataram um velho a duas ruas da minha. Foi parecido com o que aconteceu com a irmã do Gero, só que ao contrário. Alguém que mexia com drogas, não sei o cargo, quis a neta dele, mais nova do que eu, uns 12 para 13 anos. Não sei se ela quis também, alguns dizem que sim, outros dizem que não, tem muita fofoca nessas histórias. Mas o velho não gostou, tinha perdido a esposa fazia pouco tempo, andava triste, cismado, dizem. "Deve ter resolvido se suicidar", disse uma amiga da minha avó, "só que deixou para o outro dar o tiro".

Tudo isso é comentário, não tem evidência, como diria o professor que me ensinou, de verdade, para que serve usar símbolos numa conta para indicar valores desconhecidos.

As pessoas não sabem por que os outros fazem as coisas e então "chutam" motivos. O velho, seu Cosme, não gostou do traficante querendo a neta dele, soube do recado que era para ela aparecer lá, foi pessoalmente dar uma bronca no sujeito que ele viu nascer. O sujeito estava doidão, matou seu Cosme com seis tiros.

É verdade que, no dia seguinte, o "tribunal" do tráfico matou o rapaz. Tinha 19 anos, estudou com o Gero no quarto ano, eu soube depois. Ele olhava a entrada para o tráfico desde os 12, ou seja, parou de estudar na quinta, foi subindo de posto, achou que podia tudo. Não podia.

Isso já aconteceu outras vezes. Dessa, deu-se que o velho era tio de um homem muito bravo que mora perto daqui. Esse homem reuniu uns amigos, pediu ajuda a outros amigos, devem ter se reunido, conversado, planejado. Dias depois que mataram o velho, os parentes e os amigos invadiram a área.

Quando nós, eu e meus irmãos, acordamos num domingo, minha mãe estava na cozinha fazendo café. Ela nunca fica em casa até as dez da manhã. No fim de semana sai cedo para o calçadão, mas contou que abriu a porta, o dia amanhecendo, e viu homens se esgueirando pelas ruas, encostados nas paredes, igual a filme, achou melhor fechar a porta e deitar de novo, do lado dos meus irmãos, que dormem juntos numa mesma cama. Por que ela não deitou do meu lado, não explicou, minha mãe acha que nunca vai acontecer alguma coisa comigo, uma amiga da mãe do Gero jogou búzios para ela uma vez, disse que eu tenho muita proteção e minha mãe acredita.

Na madrugada de sábado para domingo teve tiroteio, mataram umas oito pessoas, saiu no jornal a chacina, ainda bem que só nos jornais mais baratos, ninguém do colégio comentou comigo na segunda, acho que nem sabem onde moro. A direção sabe, o pessoal da secretaria e aquele chefe dos inspetores que pega ônibus no mesmo ponto em que eu pego *van*. O das fotos debaixo da porta.

O lugar ficou em paz. Os homens passaram pelas casas, explicando que iam organizar a segurança, acabar com o comércio de drogas, ninguém precisava se preocupar mais com as filhas ou com as netas. Acho que a maioria não se incomodou. Achou até bom, quem é que não tem medo de um filho ou irmão se tornar viciado ou ladrão para sustentar o vício? Pior, viciado hoje, traficante amanhã?

Eu tenho. Morro de medo de que meus irmãos usem drogas. Apesar de eles saberem que, se eu pegar usando qualquer coisa, até cigarro, faço engolir. Sou mais velha, posso dar uns tapas neles fácil.

Depois, os homens começaram a cobrar uma taxa pequena pelos serviços. Não sei direito quais serviços e quanto de taxa, porque saio cedo e quando volto estou tão cansada que, no máximo, vou a dois lugares.

Vou à casa do Gero, usar o computador (e olhar para a cara dele e daquela loura que ele namora e está sempre por lá), ou à casa da minha amiga Laís, torcendo para que o namorado dela, o Marquinho, não esteja.

À casa dela vou pouco, porque o namorado não sai de lá, e ele não gosta de mim e eu não gosto dele. A Laís só tem dois assuntos, os problemas dela e os problemas dela com o Marquinhos. E eu ando tão cansada de manter o conteúdo novo em dia, mais aprender a entender como agir com aquele pessoal do colégio, mais não cair em nenhuma armadilha da Moreira e do povo igual a ela, que fico sem assunto. Vou conversar o que com a Laís? Conversar sobre eu ficar tomando conta para saber de que lado vem o novo obstáculo?

Percebi de longe, de leve, as mudanças com a entrada dos síndicos. É assim que minha avó fala deles. Os *síndicos*.

Ficou mais fácil chegar sem o risco de encontrar viciado comprando droga, usando droga na porta da casa da gente, de vez em quando tentando empurrar coisa roubada para cima da gente. Como da vez em que cheguei do colégio e encontrei um rapaz vestido com roupa de marca, com uma trouxa de coisas tentando convencer meu irmão a pegar dinheiro em casa, qualquer dinheiro, para comprar a tralha. Garfo, faca, porta-guardanapo, tudo coisa de mãe. Para ele comprar droga, claro. Dei uns gritos com meu irmão e outros com o cara, os vizinhos vieram olhar. Desde que o grupo deles tomou a "comunidade", a bagunça acabou. Parecia ter acabado, como parecia ter acabado o comércio de drogas.

Semana passada, alguém, mais de um alguém, com certeza, parou uma Kombi cheia de gente, tirou uma garota e um rapaz de dentro, batendo, botaram num carro e levaram. A mãe deles (eram irmãos), no mesmo dia foi expulsa com os filhos pequenos. De noite, já tinha outra família morando na casa. Eu só soube no dia seguinte porque cheguei à casa do Gero e a mãe dele estava de cara fechada, ela que normalmente é risonha. E a loura não estava lá. Perguntei a ele por "sua namorada" no MSN (a gente bate papo na internet, mesmo estando na mesma sala, é mais íntimo, acho mais emocionante que tentar conversar no meio de um bando de garotos que sempre fica por lá jogando), e ele respondeu que a mãe não tinha gostado de um comentário da Wanessa, ele nem falou minha namorada, falou Wanessa, achei ótima a mudança, mas insisti: que comentário? E ele respondeu que a loura tinha sido abusada com a mãe dele. "Abusada, como?", perguntei toda contente por dentro, ainda bem que o teclado não mede a satisfação de quem digita.

– *Naum kero* falar disso – ele respondeu.

Eu, ultimamente, tenho evitado escrever *kd*, *vc*, *kero*, escrever do jeito que sempre usei no Orkut ou nos bate-papos com meus amigos, porque não dá para correr o risco de esquecer e escrever errado no colégio. Para estar na lista final dos doze, escrever certo conta ponto, eles nem tentam enganar dizendo que não.

Quando eu já estava saindo, o Gero disse para um garoto que tem desconto na máquina, porque passa horas lá jogando: – Wallace, dá uma olhada nas coisas que eu vou com a Maria até ali.

Quase não acreditei. Num dia, ele diz que minha pergunta não é "sorvete na testa" e depois me leva em casa!

Fomos andando quietos e olhamos para o lugar onde costumava ficar o sofá em que Polenguinho sentava de "olheiro". Ninguém sabe onde ele anda. Mataram, ele fugiu, está acoitado em algum buraco, planejando vingança, planejando se juntar com algum grupo que acha que pode tomar a "área" de volta, quem sabe? Ele não tinha mãe, só uns parentes que ainda estão aqui. Quando correu para casa dos tios, colocaram para fora. Não gostavam do sobrinho pecador.

Pelo que entendi, foi essa a causa da desavença da mãe de Gero com a Wanessa. Ela soube que alguém ligado ao ex-dono do morro – o que foi morto quando invadiram/limparam a área – não gostava dos costumes de passar defumador na casa, frequentar terreiro, usar guia de orixá no pescoço, ter um quadro da Mãe d'Água na parede e uma estatueta de São João Batista perto dos computadores, do jeito que a mãe de Gero tem.

Eu já tinha ouvido essa história. A de que um dos rapazes que comandava o negócio tinha se convertido e dizia que o pessoal que bate atabaque fazia mal às pessoas, atraía as forças do mal. Quem me contou foi o Marquinhos, namorado da Laís, a família dele é convertida, e eles acham que astrologia, umbanda, espiritismo é ruim. Acreditar no que é ruim = ser ruim.

– Mas vender drogas para as pessoas não é ruim? – perguntei, uma vez, meio irritada. O Marquinho me irrita, não devia falar de ninguém depois de engravidar minha amiga aos 14 anos, será que ele nunca ouviu falar em transar com camisinha?

– Compra quem quer, e o livre-arbítrio? – respondeu ele, e eu fiquei quieta. Aqui a gente não enfrenta qualquer ponta de briga porque, se deixar a raiva sair, só batendo, porque os motivos para raiva são muitos.

Pois então, a Wanessa disse que o novo pessoal estava garantindo o trabalho dos pobres que têm facção, que é como chamam, não sei por que, as costureiras que fecham peças que o pessoal que tem confecção modela. Disse também que garantiam liberdade religiosa da mãe do Gero e a mãe do Gero não gostou, porque ela é orgulhosa de criar dois filhos sozinha, com a ajuda dos seus orixás, ela sempre faz a ressalva e, por acaso, a Wanessa fez esse comentário na hora em que ela estava chegando de ajudar a mãe dos dois desaparecidos a fazer a mudança.

Criar filhos sozinha (com a ajuda dos orixás) = não precisar de garantia de gente que some com os filhos dos outros e expulsa a mãe da comunidade. Ela não disse, mas deve ter pensado, porque amarrou a cara para a namorada do filho e Gero, que adora a mãe, achou melhor dar um tempo da loura frequentar a casa deles.

– Ela tem um primo que faz a cobrança da taxa, achou que minha mãe estava contente com a mudança de situação, de pararem de se meter com o terreiro que ela frequenta.

Não falei nada, aprendi cedo a falar o mínimo sobre a vida dos outros. Por isso, gosto de escrever sobre a vida dos outros. Escrevendo, eles não escutam. Ainda mais quando os outros são a loura e a família dela. Quero mais é que a mãe do Gero deteste a loura.

– Tá entregue – ele disse quando me deixou na porta da minha casa. Olhou para mim, sorriu (lindoooooooooooooo!) e me deu um beijinho no rosto.

Ah, tomara que a loura suma! Tomara, tomara, tomara. Pensei antes de dormir.

Fui acordada às quatro horas por minha mãe, no celular, porque não tinha conseguido entrar na comunidade. Traficantes armados tinham tentado retomar a área e os "síndicos" reagiram. Seria a manchete dos jornais, pensei, se dessem a notícia.

– Está tudo cercado – minha mãe disse. – Não consegui voltar, dormi na casa de uma colega. É melhor você ficar com seus irmãos em casa hoje.

– Mãe, você tá brincando! Hoje é o teste com a comissão do prêmio. Não posso faltar.

– Eles estão de olho nos ônibus, Kombis, *vans* para ninguém ligado a esse pessoal entrar ou sair. É perigoso seus irmãos ficarem sozinhos e é perigoso você ir para a escola. Fica em casa, Priscila.

– Meu nome é Maria – eu disse, zangada.

– Fica em casa, minha filha – disse minha mãe já chorando. E desligou.

Nem pensar. Não ia ficar em casa e perder a bateria de testes. Eu tinha dinheiro guardado, do que juntei, todo dia um pouquinho, dos dez reais que o prêmio me dá. Gasto oito de *van*, guardo dois, quando não compro fascículos de Português. Só gastei o que junto, uma vez, para o lance das fotos do Leo. Ia gastar o restante agora. Acordei meus irmãos, fiz tomar banho e colocar a melhor roupa, dei café preto, sem pão, porque eu não ia arriscar a vida e dinheiro saindo para comprar em birosca. Eles não chiaram como fariam com minha mãe. Minha mão é mais pesada.

Saímos de casa às cinco da manhã. Eu tinha duas horas e oitenta reais para chegar ao colégio. Devia dar. Ninguém na rua, escuro ainda, fomos andando, duas esquinas depois encontramos uns homens de seus 30 anos, arma debaixo da camisa, barrigudos, não eram do tráfico. O pessoal não vive tanto assim e não fica tão gordo. A cocaína não deixa. Dei bom dia, sem olhar, de mãos dadas com meus irmãos, um de cada lado, mudos.

Na esquina seguinte, um outro grupo, do mesmo tipo, em volta de um corpo pequeno. Não consegui deixar de olhar. Era o Polengo, coitado. Tive vontade de vomitar, mas lembrei do teste, lembrei que já tinha aprendido a não usar três verbos quando um só já serve, lembrei do X no lugar da incógnita, lembrei da reza forte da mãe do Gero, o salmo na parede, junto com os orixás, sincretismo, aprendi no colégio, lembrei do risinho da Cláudia Moreira ferrando com a Aline, lembrei do Vagner sendo derrotado, o Zilton, dizem que está trabalhando na boca, me lembrei de tudo isso e não vomitei.

Arrastei meus irmãos, o de doze anos já com lágrima escorrendo, ele tinha estudado com o Polengo na classe de alfabetização. Encontramos um táxi.

Fiz sinal, entramos, o motorista, de óculos escuros e uma tatuagem aparecendo no antebraço, debaixo da camisa de manga curta, olhou pelo retrovisor quando eu dei o endereço do colégio. Sem ligar o carro.

– É longe. A corrida vai ser cara.

– A gente tem dinheiro.

– Você não tem cara de quem estuda tão longe.

– Sou bolsista. O senhor está disponível?

Aprendi. Aprendi alguma coisa no colégio para lidar com pobre que despreza pobre. Chamar de senhor, dar uma esfriada na voz, sem chegar a ser arrogante como a Moreira, só um pouco.

– Estou, claro. Vai dar uns oitenta reais.

– Então vamos rápido porque eu tenho teste às sete.

Ele andava rápido, quando atravessamos a Ponte, meu irmão de 8 anos com a cabeça no meu colo, o de 12 de olho grudado na janela, o motorista começou a falar.

– Desculpe ter desconfiado de vocês. Mas tem muita gente jovem fazendo coisa que não presta naquela área.

Meu irmão virou para ele, por um momento fiquei com medo de que ele começasse a defender o Polengo. Ele não falou nada, voltou a olhar pela janela.

– Eu sou vizinho, quer dizer, moro perto, sou nascido e criado ali, mas tinha mudado por causa dos traficantes que estavam tornando a área um inferno. Agora vai ser muito melhor, até ponto de táxi vai ter, meu primo disse que vão organizar.

Mais um primo. O da loura do Gero, o do taxista, parecia que todo mundo tem um primo entre os "síndicos".

– Os pais de vocês fazem o quê?

– Nosso pai é mecânico, nossa mãe promotora de vendas – respondi, mais um ponto para o colégio, promotora de vendas é mais bonito do que camelô e é a mesma coisa. Quase.

O motorista desceu a Ponte quieto. Ainda bem. Não durou. Logo começou de novo.

– Vai ser muito melhor para todo mundo. Vai tirar a má fama da comunidade. A maioria é de trabalhador, não

72.00

está certo que pensem que ali só dá bandido e traficante trocando tiro com a polícia, criança morrendo de bala perdida.

– Nós vimos um garoto no chão hoje, morto à bala. E não foi perdida. Semana passada tiraram dois irmãos de uma Kombi, batendo, isso é bom para todo mundo? – perguntou meu irmão.

– O morto devia ser do tráfico. E eles não batem em trabalhador. Eu soube da história. Os dois eram irmãos de um dos traficantes que morreu, queriam continuar a vender droga, dançaram.

– Eles cobram taxa de proteção – eu disse quando nós já estávamos chegando. – Eu li no jornal.

– Só de quem pode pagar. O pessoal muito pobrezinho eles deixam ficar sem pagar nada. Vocês não deviam acreditar no que os jornais dizem. Tem muita gente que escreve e acha normal usar drogas, acha normal vender drogas.

Estávamos quase na esquina do colégio, iam sobrar oito reais, resolvi parar ali e comprar um pão de passas na padaria para meus irmãos.

– O senhor pode deixar a gente aqui – pedi.

– Mas vocês não iam para a escola? – ele perguntou.

– Aqui está bem.

Meu irmão de 12 anos me olhava espantado. Eu passava muito tempo no colégio, nos últimos quatro meses, ele não conhecia aquele jeito de falar.

Paguei e fui empurrando os meninos para a padaria onde comprei um pão e dividi entre os dois, eu tomava café na escola, café com leite, salada de fruta, um pão na chapa. Fazia parte do programa. Eu tinha que andar rápido, mais um pouco a padaria começaria a encher de alunos que olhariam para os meus irmãos estranhando as roupas, o jeito de pobre que eles têm, que eu tenho. Não queria que olhassem para eles como se fossem roupa encardida, como às vezes acho que alguns olham para mim. Mas pode ser impressão minha, se ficar prestando atenção a olhares, não vou chegar a lugar nenhum.

No colégio, entrei rápido, eles na minha frente, o funcionário que fica na portaria deu uma conferida em nós três, mas não disse nada. Sem olhar para trás, eu podia imaginar que ele estaria ligando para o chefe dos inspetores, comunicando meu aparecimento dez minutos antes do horário de entrada com duas crianças menores que eu. Não precisava avisar, eu ia direto para sala do seu Pedro Paulo deixá-los lá enquanto fazia os testes. Antes da próxima etapa do meu plano.

* * *

– E você tem amigos nesse colégio de bacanas? – meu pai perguntou na mesa do botequim onde conversávamos.

Meus irmãos almoçavam prato feito no balcão, o bar era no Mercadão de Madureira, perto da oficina onde meu pai conserta carros.

– É difícil fazer amigos num colégio novo onde eu não conheço ninguém e quase todo mundo se conhece desde pequeno.

– Nunca achei que valesse a pena colocar a mão onde a gente não pode alcançar – meu pai disse. – Você não sente falta de fazer amigos para ir às festas no final de semana?

– Eu já tenho amigas para ir a festas no final de semana. Sinto falta de amigos para ficar junto no recreio.

Era estranho conversar com meu pai como se ele fosse uma pessoa que eu visse todos os dias. Há quatro anos eu não trocava uma palavra com ele pessoalmente. Só no Natal, ou no meu aniversário, por telefone.

– E como é que você resolve esse negócio do recreio?

– Não resolvo.

– Eu só estudei até a quinta série – disse meu pai, e senti que ele estava orgulhoso de mim. – Mas você conseguiu afinal fazer amigos para ficar no recreio?

– Não, eu fico na biblioteca estudando ou no centro de mídias, nos intervalos, para não esbarrar com a Moreira e amigas.

– Essas meninas são o quê? Um bando?

– Mais ou menos – respondi. Meu pai estava sorrindo, minha mãe sempre falou bem do bom humor dele. Tomara que isso facilitasse meu plano. – Elas se acham as donas do pedaço.

– E são?

– Acho que não, mas elas se acham – Tomei impulso. – Pai, os meninos não podem voltar para casa.

– Como não podem? Sua mãe vai ficar preocupada.

– Pai, se eles voltarem, o Anderson vai acabar virando bandido. Ele tá ficando zangado, pai. Mataram o Polengo, você se lembra dele?

– Lembro, ele era filho do Cláudio Maluco, todo mundo sabia que o Cláudio ia acabar mal, acabou mesmo. A gente sabe, pela família, quem vai virar bandido, quem não vai.

– O Anderson e o Jefferson não podem voltar, pai. O senhor é pai deles, tem que ficar com os meninos.

– Sou seu pai também, e você não está me pedindo para ficar.

– Acho mais fácil que a sua mulher aceite os meninos, pai. E eu tenho o colégio, a chance de conseguir a bolsa.

– Você nunca gostou da Aparecida, foi sua mãe com aquele ciúme dela que botou você contra a minha mulher.

Eu poderia me desviar nesse ponto. Responder que foi a Aparecida com o ciúme dela que fez com que meu pai não fosse visitar a gente, só telefonasse. Mas não foi isso que eu preparei dentro da minha cabeça enquanto fui para o colégio no táxi que custou meus oitenta reais juntados.

– Pai, você não quer que seus filhos vão parar no Padre Severino ou morram, quer?

– Claro que eu não quero. Vira essa boca para lá, Priscila.

– Maria, pai. Eu sou Maria.

Então meu pai ficou em silêncio. Mas eu sabia que já tinha ganhado. Meu pai não é do tipo que perde no argumento e quer vencer na valentia. E no argumento eu ganhara.

Lição da professora de Português no colégio. Defina a premissa, mire aonde quer chegar, desenrole todos os fios que conduzem ao ponto. Nada de introdução, desenvolvimento e conclusão, ela disse. Isso não explica nada e deixa vocês perdidos nos próprios pensamentos: "Já chega de desenvolvimento, posso concluir? Ou faço mais três linhas?" Definam a premissa, tracem o rumo. Sempre com as sete perguntas. O quê, quem, quando, onde, como, por quê, para quê.

Eu tracei o rumo. Desde a hora em que minha mãe ligou para dizer que eu não devia sair de casa. Devia ficar trancada com meus irmãos. Ficava hoje, os traficantes foram mortos, os "síndicos" assumiram, minha mãe ficaria tranquila, mas eu teria perdido o teste.

Daqui a um mês, alguém da comunidade denunciaria as expulsões, a cobrança de taxas, as surras, acusaria os "síndicos" pelas mortes, sei lá, a polícia prendia um, dois, o pessoal do tráfico tentava tomar de novo o morro, ganhava.

Podia coincidir com outro teste, minha mãe trancada do lado de fora, a gente do lado de dentro, ou a família toda do lado de dentro, eu faltava para cuidar dos meus irmãos, para consolar minha mãe, para escutar minha avó contar que sempre foi assim. Na briga tal, mataram fulano, na outra mataram beltrano, é assim mesmo, a gente sabe de que famílias vão sair os bandidos. Minha avó pensa como meu pai, mas os dois estão enganados. Eu não vou beber como ela, não vou deixar de ver quem eu gosto por causa de ciúmes dos outros, como meu pai faz e, o que é pior, pode ser que, mesmo numa família sem bandidos, um dia apareça algum, e eu não quero que esse algum seja um dos meus irmãos.

– Eu vou conversar com a Aparecida, se ela concordar busco seus irmãos.

– Prefiro que eles fiquem com o senhor hoje, pai. Não acho seguro os meninos lá em casa com a chapa quente do jeito que está.

Meu pai olhou para os meninos no balcão, Anderson empurrando Jefferson, empurrando e segurando, ele faz umas brincadeiras brutas com o caçula, minha mãe diz que é de nervoso. Eu acho que é de abuso. Meu pai sorriu, não sei por quê, deve ter lembrado de alguma coisa, coisa de meninos, meu pai foi criado com uma porção de irmãos. Com Aparecida ele só tem uma menina, de seis anos. Deve sentir falta de brincadeiras sem graça.

– E você? Fica onde?

– Uma menina do colégio me chamou para estudar na casa dela hoje.

– Você disse que não tinha amigos no colégio.

– Essa é bolsista como eu.

– Mora onde? – Meu pai parece que já estava decidido a ser pai, eu ia ter que me acostumar a ser filha.

– No Engenho de Dentro – menti de novo.

Não sabia de nenhuma bolsista que morava no Engenho de Dentro, mas não tinha medo de voltar para casa. Amanhã não tem aula, amanhã não tem teste. Com meus irmãos fora da área, fica mais fácil seguir em frente.

OÁSIS

A reunião foi marcada para a sede da Fundação e começou pontualmente. Duas horas depois, os oito participantes, incluindo dois professores do colégio, examinavam, no telão, os resultados dos bolsistas. Dessa vez, os de Priscila Maria.

– Nenhuma falta, nenhuma nota abaixo da média, nenhum atraso, nenhuma advertência na caderneta. Melhora de 70% na fala demonstrada em leitura oral, de 90% no uso de computadores, demonstrada na publicação de textos e comentários no *blog* de Ciências, bons textos, começaram curtos, mas estão aumentando, poucos erros, provavelmente escreve antes num processador de texto, melhora de 60% na consciência corporal, continua jogando os ombros para frente, especialmente o esquerdo. – A professora de Geografia fora sorteada para apresentar os resultados daquela aluna, era esse o processo.

– É a média mais baixa dos candidatos em Matemática, ela tem dificuldade de traduzir o mundo em números, palavras textuais do professor de Física. Faz perguntas muito abaixo do nível de entendimento da turma, uma média de duas vezes a cada aula, frequentemente a turma ri dela por essas dificuldades – observou o professor de Matemática.

– Ela está aprendendo atitudes importantes para a aprendizagem, está avançando. Lentamente, mas avança. Estamos na metade ainda, e ela não se meteu em nenhuma encrenca, não desistiu. – A professora continuou a avaliação.

– Ela está em 26º lugar para doze vagas – disse o presidente do comitê examinando a tabela das avaliações. – Mas a professora tem razão, ela avança. Existe uma diferença boa do primeiro para o segundo mês, do terceiro para o quarto. Vamos ler juntos o último desafio de que ela participou junto com alunos de outros colégios na gincana. Vocês disseram que ela fez ilustrações com desenhos e caixas de texto, numa apresentação multimídia, no mesmo intervalo de tempo em que os colegas fizeram arquivos puramente de texto?

– Exatamente. Foi a única apresentação que usou recursos multimídia. Aliás, a frequência dessa aluna ao centro de mídias do colégio é alta. É o lugar que ela mais frequenta.

Um auxiliar distribuiu entre os avaliadores uma cópia impressa e colocou no telão o trabalho de Priscila Maria Ramos da Silva.

– Ela escreveu na terceira pessoa – disse uma professora de Latim que fazia parte do Comitê. – Escreveu bem.

– Foi a única, os outros escreveram na primeira. Escreveram bem, boas notas, a maioria descreveu o texto de Auden, ninguém ignorava o que era "eu lírico", todas as turmas dos quatro colégios participantes já estudaram isso. Nós nos informamos – disse o professor de Matemática.

– Alguém, entre os quarenta, falou sobre a interação entre a professora e a turma que fez o teste na descrição da atividade? Alguém comentou o tipo de avaliação?

– Seis alunos descreveram o comportamento da professora, um como arbitrário, três como autoritário, dois como desrespeitoso com os alunos, um como incompetente – informou a professora de Geografia.

– E os outros 33? – perguntou a professora especializada em Latim.

– Não tocaram no assunto disciplina ou desempenho da professora. Ativeram-se ao tema da atividade, discorreram sobre o poema *Funeral Blues*.

– Alguém conversou com a professora? – perguntou o presidente do comitê.

– Eu conversei – disse o professor de Matemática.

– E ela? – perguntou um professor que se mantinha calado até aquele momento.

– Ela disse que tinha ficado surpresa com a discrepância entre o preparo intelectual e as atitudes de alguns alunos, mas admitiu que não teve controle da situação, reconheceu que foi pega de surpresa com a "química" – foi essa a expressão que usou – entre alunos de colégios diferentes, disse que não estava preparada para essa reação, que, em algum momento, deve ter feito alguma coisa errada.

– Estou pasmo – disse o presidente do comitê.

– Eu também fiquei – disse o professor de Matemática. – Mas nós estamos com os resultados de Maria nos outros testes, e a regra é o comitê definir a nota dessa apresentação. É a única avaliação coletiva dessa bateria de testes.

– Antes de partirmos para avaliar essa redação, eu gostaria de saber qual é o prognóstico do colégio sobre Priscila Maria – disse o professor que ouvira em silêncio quase toda a apresentação.

– O que mais me preocupava nessa aluna era não apresentar ou apresentar muito pouco raciocínio lógico-matemático. Mas misturamos 26 bolsistas com catorze alunos de nosso colégio e de colégios de mesmo nível e o resultado dela está aí.

– E isso significa...? – inquiriu outro membro do comitê.

– Isso pode significar que ela está superando rápido o que é mais fácil de superar e avança lentamente em Matemática e Física porque não tem base, não sabe o que é álgebra, tem lacunas muito elementares.

– Você não está propondo que uma aluna que não sabe o que é elementar em disciplinas fundamentais vá adiante, na frente de outros mais bem preparados, porque ela descreve e avalia de forma eficiente uma situação-problema, está?

– Não. Eu estou questionando é se não seria o caso de descobrir quais são os empecilhos reais que ela tem para avançar nessas disciplinas fundamentais. Nós não fizemos isso ainda, ela está um pouco entregue a ela mesma nesse caso.

– Num colégio com laboratórios e professores de primeira linha?

– Professores de primeira linha talvez não adiantem se ela não souber semelhança, razões e proporções, por exemplo, para entender função afim e trigonometria. Acho que ela observa bem, descreve bem, tem lógica. Além disso, quero lembrar que a regra é somar o resultado da bateria de testes com essa avaliação e dividir por dois.

– Ela vai ser salva pela redação.

– Ela vai continuar na disputa por mais um *round* pela capacidade de observação e argumentação, para ser mais preciso – disse o professor de Matemática.

– Qual é a professora a quem ela se refere na redação?

– É nova no colégio, dá aulas no turno da noite para os bolsistas da comunidade. É uma moça de origem pobre, bom currículo, está fazendo um trabalho excelente no noturno – informou a professora de Literatura. – Fiquei surpresa com essa reação, ela me contou, abaladíssima, que foi isso mesmo que aconteceu. Se mantivermos a decisão de expor a melhor redação, vamos expor a professora também.

– Paciência – disse o presidente do comitê. – Senhores, não podemos mudar as regras a cada incidente. Nem ficar a manhã inteira avaliando essa aluna. Vamos votar a nota e seguir adiante?

* * *

A professora era jovem, não parecia conhecer os alunos, se vestia de saia cinza e blusa marrom, sapatos baixos pretos, estava sem maquiagem e com o cabelo escovado. Quando ela chegou, os alunos estavam amontoados na porta, rindo e conversando, vários se conheciam de festas, encontros de confraternização, intercolegiais de esportes, comentavam entre si novidades.

A professora explicou com entusiasmo qual seria a tarefa, quando quatro alunos sentados na última fileira começaram a rir sobre alguma coisa dita em voz baixa por um deles. A professora parou o que estava explicando, pediu que partilhassem o que conversavam com todos ou prestassem atenção, em silêncio. Um aluno mais alto, que estava na primeira fileira, disse que ela não precisava ser grosseira. Metade da turma ficou quieta, observando a professora explicar que não estava sendo grosseira, apenas pedindo que prestassem atenção, aquela era uma atividade interdisciplinar e extracurricular com a qual o grupo não estava acostumado, exigia atenção. A outra metade ficou conversando e rindo da situação. Um dos alunos deu uma gargalhada de alguma coisa que uma colega ao lado disse, a professora pediu que ele sentasse na primeira fileira, perto dela. Ele levantou, veio até à frente, sentou e colocou o pé em cima da mesa da professora. Ela disse alguma coisa bem baixo a ele, que retirou o pé, sem graça, e ficou quieto.

A professora distribuiu uma página xerocada com fragmento de um poema de W. H. Auden, *Funeral Blues*, e pediu que a turma se organizasse em grupos de quatro, rapidamente, sem arrastar as cadeiras, por favor, inclusive porque poderiam derrubar os *notebooks* que o colégio havia colocado à disposição dos alunos. A maioria obedeceu ao quesito "não arrastar as cadeiras", mas aqui e ali grupos se arrastaram nas cadeiras ruidosamente, rindo, e a professora disse com um tom zangado que não havia necessidade de jovens quase adultos andarem sentados em cadeiras, que se locomover sentado era coisa de quem não podia andar com os próprios pés. Um aluno perguntou se ela os estava chamando de aleijados, e quase todo mundo riu.

Ela não respondeu a esse comentário sobre aleijados e, com uma voz que parecia bem nervosa, disse que a tarefa era ler o trecho, corrigiu, o fragmento do poema, discutir em grupo durante dez minutos, expor as dúvidas do grupo em vinte, dois minutos para cada grupo, redigir individualmente uma descrição da atividade, com até oitocentas palavras e um pequeno parágrafo avaliativo, ao final, argumentando contra ou a favor desse tipo de atividade; quarenta minutos para a tarefa individual que devia ser feita no *notebook* que estava em cima das cadeiras.

Uma menina levantou a mão e disse que não havia participado da preparação da tarefa na escola dela e, portanto, não sabia que ia cair um poeta inglês a respeito do qual ela não sabia nada. A professora disse que não fazia mal, que ela lesse e fizesse o que pudesse, em grupo, e relatasse essa dificuldade em seu texto individual. A aluna disse que não era justo, porque a tarefa valia ponto e ela estava em desvantagem perante o restante do grupo. Parte da turma concordou ruidosamente com a aluna; a professora, falando mais alto do que a algazarra, disse que o tempo já estava contando para o trabalho em grupo e que eles começassem.

Oito minutos depois, a professora disse que o tempo do debate em grupo já tinha acabado e pediu que os grupos apresentassem suas dúvidas. Dois grupos protestaram por não terem tido tempo de discutir quase nada, mas a professora os ignorou e escolheu um dos grupos para começar e uma das alunas, eram quatro meninas, nesse grupo, perguntou se na hora de escrever sobre a atividade era para escrever o personagem ou o nome do cara na vida real e a professora pediu que ela explicasse melhor o que queria dizer e a menina repetiu que o que estava perguntando era se era para colocar que um cara queria que os pombos parassem de voar porque um outro cara morreu ou se era para colocar o nome, na vida real, do personagem que escreveu isso, e a professora pediu, de novo, que ela reformulasse a pergunta porque não estava sendo clara e a aluna perguntou se ela já tinha ouvido falar que, "se você entendeu, não sacrifica", e a professora explicou que era importante aprender a formular perguntas com clareza num debate e que o "eu lírico" do poema não se confundia, de forma alguma, com o autor do poema, W. H. Auden, ao que um aluno de outro grupo disse que eles não tinham obrigação de saber o que ela queria dizer com "eu lírico", porque eles não tinham dado isso ainda na escola e a professora disse que o tempo tinha acabado e que era para eles colocarem as cadeiras, de novo, no lugar e fazerem a redação no *notebook*. As cadeiras foram arrumadas, de novo uma parte dos alunos arrastando as cadeiras sentados em vez de levantarem e deslocar as cadeiras. Dessa vez, a professora não falou nada.

Uma das alunas entregou sua redação descrevendo o que tinha se passado e acrescentou, em um parágrafo, que, na sua opinião, acabara de assistir a um ato de *bullying*, palavra em inglês que designa atitude agressiva, intimidadora, intencional e repetida contra indivíduo ou grupo, no caso, de alunos contra uma professora.

Por algum motivo, que ela ignorava qual fosse, parte dos alunos havia identificado que era possível intimidar aquela professora e haviam, aparentemente sem combinação prévia, agido em conjunto para dificultar que a professora tivesse sucesso em sua tarefa.

"Para mim", a aluna acrescentou, "foi quase um caso de telepatia, uma ação de destruição precisa contra um alvo determinado, surpreendentemente, sem condições de combinação prévia. Como se algo unisse aquele grupo de estudantes contra um adulto que deveria ter mais poder do que eles".

A aluna ressaltou, na redação, que era a favor desse tipo de atividade, desde que se arranjasse uma maneira de neutralizar o poder da minoria capaz, não só de atormentar e desestabilizar quem deveria estar no comando, como também de intimidar a maioria dos que não atormentavam.

A aluna finalizou com um questionamento: existe alguma maneira de medir a responsabilidade dos que não praticam *bullying*, mas também não fazem nada para impedir esse tipo de ação?

* * *

Saíram os resultados da primeira bateria de testes. Ela ficou em 22º lugar entre os 33 bolsistas, com média acumulada de 7,2. Alguns estão com seis, um está com cinco, difícil recuperar essa defasagem, a média do colégio é sete.

É verdade que os bolsistas fizeram a redação com os melhores do colégio no primeiro ano do Ensino Médio, mais oito alunos que também estão entre os melhores de três escolas que estão se propondo a sediar o prêmio ano que vem. Se o prêmio continuar desse jeito, porque já está ocorrendo pressão para que as bolsas sejam para o noturno, para se converterem em apoio financeiro às famílias dos alunos que tiverem melhor desempenho em suas escolas de origem, pais e alguns professores começam a duvidar se dá certo misturar gente tão diferente.

Expor a única redação que mereceu dez no principal mural do colégio era previsto, mas causou um impacto que não sei se valia a pena. Soube que houve divergência no comitê de avaliação a respeito dessa decisão. A funcionária que serve o café me contou. Muita gente ficou magoada, algumas pessoas bastante ofendidas. A professora de Inglês que aplicou a redação ficou arrasada, porque tinha decidido esquecer o assunto e foi surpreendida com o chamado à sala da coordenação para explicar o acontecido depois que o envelope foi aberto e as redações lidas na preparação da reunião do comitê. Assim me disse a secretária do coordenador. As paredes aqui no colégio têm ouvidos e as paredes registram as reações esperadas e, principalmente, as inesperadas, as que não vão para as atas das reuniões.

A professora achou a redação de Maria uma redação de pobre rancorosa, que não entende que essas coisas acontecem em todos os ambientes. Nunca aconteceu no noturno, onde estudam alunos que moram no morro e pagam uma mensalidade simbólica. É o mesmo morro onde aquele menino, o Zilton, está hoje no tráfico de drogas. Eu nunca vou dizer isso para a professora, nem para o coordenador, mas pobre rancoroso dura menos ainda do que pobre esquentado. Deve ser por saber disso que os alunos do noturno não costumam perturbar, a esse ponto, os professores durante a aula. Não sei os motivos da professora, só sei que ela não gostou.

Quem também não gostou foi a Cláudia Moreira, campeã de redação ano passado, no nono ano. A redação não cita o nome dela, mas a faxineira que limpa o banheiro feminino ouviu, depois da redação, a Moreira se gabando de como "elas" tinham enquadrado a professora "*trash*". A Dinorá, a faxineira, me contou que a Rafaela e outras duas bolsistas estavam junto e bastante sem graça durante a conversa, mas não falaram nada. Logo depois a conversa mudou, porque a Fernanda do terceiro ano faltou às aulas a semana passada inteira; elas baixaram a voz e a Dinorá saiu de perto porque, quando os alunos baixam a voz perto dos funcionários, é porque estão segredando alguma coisa, e ficar por perto significa desrespeito à privacidade deles e isso – é orientação que recebi e repasso para os outros funcionários – não é correto fazer.

Quem me surpreendeu nessa história toda foi a autora da redação. No dia em que saíram, no mural do colégio, os resultados da bateria de testes e a cópia da redação, ela, em vez de ir para a biblioteca ou para o centro de mídia, os lugares onde normalmente se esconde, foi para o recreio com a caixinha de suco de soja e o sanduíche pego na cantina com o bilhete de bolsista, sentou quase no meio do pátio, no lugar onde bate mais sol, sozinha, no banco, quase esticada, praticamente deitada, ocupando o banco inteiro. Eu fiquei da sacada, perto da minha sala, pensando: ela está curtindo a nota.

Talvez esteja curtindo mais alguma coisa, não sei, essa menina está aprendendo a ficar em silêncio. Como ficou na manhã dos testes (e da redação), quando deixou os irmãos esperando na minha sala. Eles ficaram calados, duros nas cadeiras, depois que ela chegou e perguntou (apenas):

– Seu Pedro Paulo, posso deixar meus irmãos aqui enquanto faço os testes e depois a redação?

Eu disse que podia e ela foi embora. Fiquei trabalhando, lendo os relatórios oficiais dos meus subordinados, dei uma volta pelos arredores do pátio na hora do recreio. Nós não chegamos muito perto nessa hora de intimidade e livre expressão dos jovens. Fui à cantina e retirei, na minha conta, dois pães doces. Dei para os meninos, que continuavam calados e duros nas cadeiras, devem ter conversado entre eles, baixinho como convém a crianças amedrontadas, num ambiente desconhecido. Eu sei como é, já fui uma criança assim. Perguntei:

– Vocês querem café?

– Quero – disse o menorzinho com entusiasmo, para ser cutucado imediatamente pelo mais velho.

– Não precisa se incomodar, obrigado.

– Não é incômodo. – Coloquei um copo de água e outro de café na mesinha do lado deles, o menino bebeu rápido, devia estar com sede.

– Tem um banheiro aqui do lado, se vocês precisarem – informei, voltando para os meus relatórios. Mais um pouco, os dois se levantaram, foram, sentaram de novo e ficaram ali, até que o pequeno não aguentou e deitou a cabeça no colo do irmão. Não falei nada para não incomodá-los, crianças que enfrentam situações difíceis desde muito cedo, às vezes são sensíveis em excesso, o que adultos que não enfrentaram situações difíceis desde cedo confundem com orgulho.

Orgulho deve ter sentido Maria, sentada no meio do pátio, os olhos quase fechados, no meio do burburinho dos grupos que frequentam o pátio do colégio. Fiquei olhando de cima e, de repente, vi a "*nerd* das *nerds*", como os alunos dizem, a Rafaela, primeiro lugar no concurso de bolsa, se aproximar de Maria e puxar conversa.

Dizem que a Rafaela foi ajudada pela professora de redação da escola onde estudava e ficou em primeiro lugar pela coleção de dez em Matemática, que ela faz desde os sete anos de idade, e dez em Matemática e Ciências, desde os 11, e dez em Matemática, Química e Física, desde os 13, quando terminou o nono ano. Está no segundo ano, mas assiste às aulas no terceiro porque sabe coisa demais, acha um tédio as aulas de Matemática e Física na turma dela.

Ela falou alguma coisa com Maria e as duas começaram a andar pelo pátio, conversando. A Rafaela é mais baixa do que a Maria, magra, de cor morena amarelada, a pele brilha na testa e no queixo, tem os olhos pequenos e usa aparelho. Acho que, quando ela tirar o aparelho, vai ficar com a boca bonita. O cabelo é mais crespo que o de Maria, mas as duas não são muito diferentes. O problema são as roupas. As de Rafaela parecem roupas de freira que não usa hábito. Não entendi até hoje por que as meninas que têm o poder de destruir qualquer chance de relacionamento social aqui no colégio se tornaram amigas da Rafaela.

Dizem que mulher é curiosa e fofoqueira, mas eu, Pedro Paulo, chefe dos inspetores, queria muito saber o que a campeã das exatas do colégio tramava com a aluna que tinha conseguido duas proezas: descrever com precisão a prática de *bullying* de jovens num contexto inesperado e, ainda por cima, escrever em terceira pessoa.

Foi isso que garantiu o dez de Maria, mais do que a denúncia. Se ela tivesse escrito como ela mesma, seria inevitável o tom de revolta contra a garotada que tem mais, que pode mais. Na terceira pessoa, ela neutralizou os sentimentos do narrador. Pelo menos, foi o que explicou a professora de literatura que foi chamada para acalmar a vítima, a professora do noturno. A vítima ficou contra Maria. Esse foi o meu espanto e não tive vergonha de perguntar para a secretária do coordenador, a que me contou, em primeira mão, o acontecido.

– Mas a professora ficou contra Maria e não contra os alunos que buliram com ela?

– Isso é muito comum em vítimas de *bullying*. E, Pedro Paulo, não repara de corrigir você, mas *bullying* não vem de "bulir", vem de *bully*, valentão em inglês. Você fica achando que eu estou sendo pretensiosa de explicar isso para você, fica?

Claro que eu não fico. D. Verinha, a secretária do coordenador, entrou no colégio depois de mim, casou, eu fui ao casamento, separou-se, casou de novo, eu enviuvei, ela se separou mais uma vez, teve câncer, superou o câncer. Tem uma pele branquinha, uns olhos meio tristes, de desiludida do amor, um sorriso meio sapeca de quem ainda vai casar de novo. Um dia desses, esqueço meus cabelos brancos e convido d. Verinha para dançar na gafieira que frequento sábado. Enquanto não convido, ela me conta – tomando café na padaria, entre a saída das crianças do turno da tarde e a entrada do noturno – a origem da palavra *bullying* e a diferença de tom entre primeira e terceira pessoa. Tudo isso ela aprende ouvindo conversa dos outros, calada, prestando atenção.

* * *

Minha vida está mais fácil de uns dias para cá. Estudar coisas difíceis está mais fácil. As pessoas me olham diferente porque me dei bem na redação e porque faço menos perguntas idiotas em sala de aula. Faço as perguntas antes para a Rafaela, que só falta me bater de tanta falta de paciência e só não me bate porque eu tenho a maior paciência de ensiná-la a escrever algo mais que números e poucas palavras, no estilo Mowgli, o menino lobo. Era o que ela fazia antes. Ela não fazia isso por não saber escrever, ela tem é preguiça de falar, explicar o que pensa, então vai pelo caminho mais fácil. Como todo mundo faz.

Estou aprendendo com ela a não ficar me perdendo em detalhes, por isso não vou escrever toda a conversa que tivemos quando ela me procurou semana passada, no recreio. Ela fala em pedacinhos, como se pensasse tanto e segurasse de tal forma as palavras que o esforço de soltá-las da boca fosse maior que o normal. Juntando os pedaços, foi mais ou menos o seguinte: ela tirou dez na bateria de testes e quatro na redação. Eu tirei seis na bateria de teste e dez na redação. Fiquei, portanto, com oito de média. Pela primeira vez na vida, uma pessoa comum, mais que comum, fraca nas disciplinas importantes para ela, ficou em melhor situação.

– Eu tive duas más notícias de uma vez só. A primeira, a minha classificação abaixo da sua, a segunda é que descobri que estou ajudando umas meninas a se darem bem e elas falam mal de mim.

Eu não ia ficar ofendida porque ela fica ofendida de ficar abaixo da minha classificação, decidi. A curiosidade de saber foi maior. Perguntei quem eram as meninas.

– A Moreira, do seu ano, e três amigas dela.

Era esse o segredo do sucesso da Moreira, então. Aulas com a Rafaela. Mas ela não precisava economizar, bastava pedir aos pais, sem precisar aturar a presença de uma garota que não se vestia do jeito dela, não falava como ela, não frequentava os mesmos lugares.

– Ela me disse que estava juntando o dinheiro de pagar o professor para contribuir com uma obra social. Eu achei superbacana a iniciativa, gostei de ajudar, mas uma das amigas, a Maria Fernanda do terceiro ano, ficou doente e a Cláudia inventou que ela estava grávida e tinha feito um aborto escondido. A garota me telefonou bem zangada e contou tudo o que elas diziam de mim pelas costas.

Então foi por isso que a Fernanda andou faltando e depois ficou um recreio inteiro sozinha, na sexta passada. Por causa da intriga da melhor amiga. Foi por isso também que a Rafaela me procurou propondo uma troca. Não que ela corra o risco de não ser uma das doze a receber a bolsa. Ela é boa demais em exatas para isso. Mas a Rafaela não quer ser ruim, fraca em nada. Ela quer estar bem em tudo, não sei bem o motivo. Para mim é vantagem aceitar a proposta.

Estudamos juntas duas vezes por semana. Um dia na casa dela, outro dia na minha casa. Quando ela propôs, pensei em inventar uma desculpa, mas depois pensei: o que eu tenho para trocar pode ser fácil para mim, mas é difícil para ela, então, disse, tá bom.

A Rafaela mora no Méier. Ela é a irmã caçula, o irmão mais velho está concluindo o Cefet, o do meio passou para o colégio Naval. Eles não perdem um concurso, uma nota, desde pequeninhos, e todos falam pouco na casa dela. A mãe é dona de casa, o pai, funcionário público, deixa a Rafaela no metrô antes de ir para o trabalho. Eles são evangélicos, por isso a Rafaela usa aquelas roupas. A igreja deles é a favor de cores neutras e modelos discretos, ela me explicou.

– Mas a Juliana também é evangélica e usa decotes, roupa justa e saia curta. – Eu me referia a outra bolsista que descobri ser evangélica quando perguntei qual era o seu signo e ela respondeu que não acreditava nessas coisas.

– Cada igreja tem uma orientação. Você sabe como se calcula o perímetro de um círculo?

Não, eu não sabia. Mas, nesses últimos meses, aprendi a não insistir quando os outros não querem conversar sobre alguma coisa. A não ser quando não posso deixar de insistir.

Tive de conversar, por exemplo, com minha mãe. Depois de resolver com meu pai, pelo menos por enquanto, o caso dos meus irmãos. Depois que voltei para casa sozinha e não aconteceu nenhum tiroteio. Depois de conseguir ouvir sem chorar e sem brigar toda a choradeira dela sobre a iniciativa de entregar meus irmãos àquela mulher horrível, como ela chama a atual mulher do meu pai: como pude esquecer que fazia quatro anos que meu pai estava longe da gente e não dava dinheiro a não ser que ela pedisse, implorasse? Será que eu tinha esquecido todas as humilhações e necessidades pelas quais nós tínhamos passado? Será que eu só conseguia pensar naquele colégio de bacanas onde eu tinha cismado de entrar?

Não foi só por causa do colégio, eu podia ter explicado, mas não quis atormentar minha mãe. Não sou como aquelas pessoas horrorosas que participaram do teste comigo, provocando a professora e vendo a professora se estressando, se perdendo, correndo de um lado para o outro, como um rato com a cauda presa na ratoeira. Eu não disse para minha mãe que levei meus irmãos para o meu pai, porque ele tem o direito de tentar criar os filhos dele e eu tenho o direito de tentar sair de uma situação onde posso ter de ficar presa dentro de casa, sem ir para o colégio dos bacanas. Eu ganhei o prêmio, não tenho o direito de continuar batalhando? Não adiantava dizer isso, ela estava preocupada em como vai conseguir ver os filhos sem precisar ver a Aparecida, como vai conseguir aguentar a saudade. Eu também não sei como vou conseguir aguentar a saudade deles, por isso achei melhor me abraçar com minha mãe e também chorar.

No dia seguinte, eu e minha mãe saímos de casa juntas, andamos juntas até o ponto de ônibus, e desde então tenho passado no calçadão na volta do colégio, ajudando a recolher as coisas. Imprimi uma cópia da minha redação e expliquei a ela como foi que diagramei na página, e ela ficou toda orgulhosa e disse que, um dia, vai comprar um computador para mim.

Nós temos conversado sobre os meninos. Nos primeiros dias, o maior problema de minha mãe era como trazer meus irmãos de volta para casa ou como visitá-los na casa do meu pai, com a "à toa" da Aparecida mandando nos filhos dela, ou o que ela diria ao meu pai sobre os quatro anos em que ele não fez nada pelos filhos, nem dar dinheiro. Na verdade, os problemas da minha mãe eram quatro. Trazer meus irmãos de volta é praticamente impossível porque a Aparecida levou os dois, um dia depois que chegaram lá, a uma escola na esquina da casa dela e conseguiu vagas para eles, que estão assistindo aulas como ouvintes até os documentos chegarem, o que ela espera que seja imediatamente. Além disso, os meninos estão gostando da escola nova, gostando da casa nova e gostando de uma irmã mais nova para mandar, ao contrário de uma irmã mais velha para mandar neles. Isso o Anderson me contou no telefone.

O segundo problema da minha mãe é que a Aparecida não é à toa, é manicure num salão perto da oficina em que meu pai trabalha desde que ele tinha dez anos de idade. Ela é meio aparentada com o chefe dele. O que faz com que minha mãe não a suporte é que reparou no meu pai quando ele ainda era casado com a minha mãe. Como ela é mais nova que meu pai, as circunstâncias podem significar que ela "repara" nele desde pequena, o que torna a história deles simpática, e não a história de uma "à toa", como minha mãe diz.

COLÉGIO

Aparecida engravidou da minha meia irmã assim que eles se separaram, apesar de minha mãe desmentir essa versão. Minha mãe diz que eles ainda eram casados, o que configura, na opinião dela e de todas as amigas, vizinhas, parentes, que a Aparecida não presta.

Não sei se Aparecida presta ou não presta – eu acho que presta – mas arranjou as vagas, comprou *shorts*, chinelos, cadernos e canetas no mercadão para os meninos e está de olho neles. Distribui tarefas, vai almoçar em casa, eles não estão mais soltos. Eles gostam de não estar.

O terceiro problema são as visitas. Não tem como minha mãe não esbarrar com Aparecida se quiser ver os meninos direito. Vai fazer o quê? Pedir para alguém buscar os dois no sábado e levar de volta no domingo? Quem? Eu tenho aula sábado de manhã, se for do colégio para Madureira vou chegar a São Gonçalo com eles de noite, e não tem sentido fazer essa viagem no domingo, voltar para casa, para voltar ao Rio para as aulas na segunda de manhã. Minha avó poderia ajudar, mas sábado à tarde é o dia em que ela bebe com as amigas, numa roda de samba em Niterói, e domingo bebe a partir das onze horas e dorme depois do almoço.

O quarto problema é meu pai ter sumido durante quatro anos, em três dos quais minha mãe só tinha o dinheiro do governo. Não adianta pensar nisso, reclamar disso. Ela está certa, claro, meu pai agiu muito mal com a gente, não quero nem ouvir a desculpa de que ele sumiu por causa dos ciúmes da minha mãe. Por causa disso, Anderson e Jefferson vão ficar sozinhos em casa a tarde toda, o Jefferson esquentando almoço, correndo o risco de acender o botijão em vez de acender o fogo? É melhor deixar o Anderson voltando da escola e conversando com ex-colegas, como o pobre do Polengo, que Deus o tenha em bom lugar e não venha pelo nome, como diria minha avó e eu repito, porque tenho medo de fantasma? Vou perder a chance de ganhar minha bolsa porque meu pai deixou de cuidar de nós no passado?

Ele quer cuidar dos meninos agora, é isso que importa. Por enquanto, disse minha mãe quando eu argumentei isso com ela ontem, na hora em que passei no calçadão e ajudei a desarmar o tabuleiro onde ela expõe as mercadorias. Por enquanto, enquanto Aparecida deixar.

– E daí, mãe? – argumentei. – O "por enquanto" do meu pai pode durar três, quatro, cinco anos. O tempo de o Anderson terminar a escola, ir para um colégio técnico.

– Mais fácil seu pai ensinar o filho a ser mecânico, viver sujo de graxa o dia inteiro.

– Qual o problema? Mecânico ganha bem, vai ser ótimo para o Anderson aprender uma profissão.

– É ótimo ser explorado pelo patrão, como aquele tio da Aparecida explora seu pai desde pequeno?

Vi que, para qualquer lado que eu levasse a argumentação, nós íamos bater no ponto: "Aparecida, aquela mulher que roubou seu pai de mim". Fiquei calada recolhendo os trecos que minha mãe vende, me preparando para ajudar a carregar as sacolas, quando veio a novidade.

– Nós hoje não vamos levar as bolsas. O Raul se ofereceu para guardar. – Minha mãe disse isso sem me olhar, arrumando umas coisas que já estavam arrumadas, na sacola maior.

– Que Raul? Guardar onde? Mãe, você não está se metendo com nenhum atravessador, está?

– Que atravessador, menina! Desde que você foi para esse tal colégio, acha que todo mundo é bandido, todo mundo vai fazer alguma coisa errada.

Injustiça, eu não acho que todo mundo vai fazer alguma coisa errada depois que fui para o colégio. Eu acho que fazer coisa errada é uma questão de necessidade e oportunidade, pelo menos no caso dos meus colegas e, poderia ser, no caso dos meus irmãos. Mas nem deu tempo para dizer isso porque um gorducho sorridente se aproximou da gente, já estendendo a mão para a sacola mais pesada.

– E aí, Célia? Tudo pronto? Essa é a famosa Maria? Igualzinha a você, parecem irmãs.

Esperto, me chamou de Maria, minha mãe deve ter contado que eu odeio meu nome composto. Disse que sou igual a minha mãe e pareço irmã, está me elogiando porque minha mãe é mais bonita, e elogiar porque parece irmã, aos 34 anos, de uma garota de 15 é uma coisa boa de ouvir. Gostei do cara, apesar da aliança na mão esquerda. Casado.

– Pri, esse é o Raul, ele é despachante, trabalha num escritório aqui perto, se ofereceu para guardar meu material.

Se minha mãe não estivesse tão sem graça, quase vermelha de sem graça, se eu não estivesse tão feliz com os resultados dos testes e com a minha nova coragem em relação ao recreio e com minha nova amiga *nerd*, eu teria pulado de raiva por ela me chamar com esse apelido de apito. Mas eu estou feliz, e feliz é mais fácil a gente não pular em cima quando os outros fazem o que a gente não gosta.

Sábado, à tarde, conforme o combinado, Rafaela foi estudar lá em casa. Não avisei nada. Favela, violência, síndicos, ruas sem asfalto, valão, nenhum computador. Não avisei a minha mãe que ia receber visita para que ela não começasse a se empolgar e fazer sacrifício do tipo ficar em casa e não sair para vender. Do tipo comprar fiado para fazer um almoço para cinco pessoas onde só iam comer duas.

Eu fiz o almoço. Macarrão com salsicha, minha especialidade. A Rafaela não falou nada, conversando aos pedacinhos estava – no caminho do colégio até lá em casa –, conversando aos pedacinhos continuou, enquanto olhava os fascículos que comprei para aprender a escrever melhor, falar melhor.

Difícil é convencer Rafaela que os seus pedacinhos e silêncios do tipo "não quero discutir tal coisa" atrapalham na hora da redação. Ela não vê relação entre pensar e escrever. "Mas eu sei, está tudo na minha cabeça, só não consigo escrever."

– Estava na sua cabeça que eles estavam queimando o filme da professora com aquela barulheira inútil?

– Não – confessou ela. – Estava na minha cabeça como eu ia conseguir escrever alguma coisa sobre aquela poesia boba.

– Você acha bobo amar uma pessoa como se fosse nossos quatro pontos cardeais, o centro da nossa existência?

– Só Um pode ser o centro da nossa existência – respondeu Rafaela brava.

– Tá bom. Então escreve isso – desafiei.

– Escrevo o quê?

– Isso. Só Deus pode ser o centro da nossa existência. Essa vai ser a premissa da sua redação de hoje.

Parece fácil, para mim é fácil, mas para ela não é. "O que é premissa?", ela perguntou, e eu tentei explicar, como a professora de redação, que premissa é uma ideia que guia o que a gente vai escrever, a história ou a dissertação, mas ela não entendeu, então eu dei o exemplo que a professora deu de que a premissa de Harry Potter é a de que poderes especiais precisam ser corretamente desenvolvidos para enfrentar o mal. O exemplo foi pior ainda, porque Rafaela disse que meninos não têm poderes especiais, e o poder para enfrentar o mal vem de Deus, o resto é fantasia para ganhar dinheiro. Isso é uma premissa, eu disse. "Isso o quê?" Rafaela já estava quase desistindo de mim como professora de premissa, percebi. "Filmes como Harry Potter usam a fantasia de poder voar e fazer mágicas para ganhar dinheiro."

– Isso é verdade. – disse Rafaela, contente de ter entendido. – É o que penso.

– Então escreve. Vamos começar pelas sete perguntas. A primeira é "o quê".

– Como assim, o quê? Já disse o que eu penso.

– Mas isso não dá uma redação. Você tem que dizer "quais filmes" de meninos bruxos, sobre quais filmes vai escrever.

– Mas eu não vi nenhum. Não me interessam filmes sobre meninos bruxos.

Por acaso, eu adoro filme de Harry Potter. Antes que Laís ficasse grávida nós fomos ao cinema assistir, mas tinha que esquecer os meus gostos. Para Rafaela acreditar que valia a pena trocar o que eu aprendi de Redação com o que ela parece que nasceu sabendo de Física, Matemática.

– Rafaela, começa com essa frase: "Não me interessam filmes sobre meninos bruxos". E descreve como são esses filmes para você poder escrever a sua premissa.

– Mas eu nunca vi esses filmes.

– Como é que você sabe que eles voam?

– Alguém me contou, uma colega que não perdia um filme do Harry Potter. Além disso, vejo *trailler* na TV.

– Escreve o que você sabe sobre esse tipo de filme, como você ficou sabendo e o que pensa sobre eles.

– Mas aí vai parecer que sou preconceituosa.

– Rafaela, não importa o que vai parecer, só eu vou ler essa redação e eu acho que você é preconceituosa.

Para quê?,
Adjunto
Onde?,
Funções
Verbais

Ela primeiro fez uma cara zangada de quem ia me bater, depois escreveu como eu tinha dito. A partir daí, ficou mais fácil.

– É... – disse ela quando parou. – Tem oito linhas. Não é tão difícil.

– Leia para mim.

– Pra quê?

– Pare com isso, Rafaela, eu pergunto toda a hora para que tenho de fazer conta?

Ela leu o que tinha escrito, o que eram os filmes, como ficou sabendo como eram.

– Agora você escreve por que nunca assistiu um filme desses.

– Você tem certeza de que não tem problema a redação ser contra a opinião do professor? E se o professor gostar de Harry Potter?

– Rafaela, primeiro você escreve, depois você se preocupa com o que os outros vão pensar, mesmo que você mostrasse essa redação e o professor não concordasse com sua opinião, se a sua premissa estiver clara, você não vai tirar zero.

– Como é que você sabe?

Eu não sabia, a minha experiência de tirar dez em Redação foi só uma, a da bateria de testes. Mas eu acho que explicar direito o que a gente sabe ou não sabe, quer ou precisa é melhor do que não explicar. Eu disse para ela que isso era o que eu entendia como premissa, e até o final da tarde ela tinha feito duas redações. Uma contra o Harry Potter, outra sobre cotas raciais no vestibular. Rafaela também não gosta da ideia de cotas. Ela escreve com mais facilidade quando escreve contra alguma coisa. Pedi para ela pensar uma lista de coisas em que ela perceba a manifestação de uma premissa interessante para a gente treinar mais. Ela me olhou como se aquilo fosse uma bobagem. Ou eu pensei que ela olhou como se fosse uma bobagem. É difícil ensinar uma coisa que a gente acabou de aprender. Ensinar o que a gente não sabe direito é difícil.

Mas, quando o ônibus que ela ia pegar estava chegando, a Rafaela interrompeu uma história que eu estava contando, nem lembro o que era, colocou a mão no meu braço e disse: – Maria, é a primeira vez que eu escrevo duas redações de vinte linhas sem sofrer.

Voltei para casa contente. Não é que aquilo que eu ainda não sei direito serviu para quem sabe tanto como a Rafaela aprender alguma coisa?

ABISMO

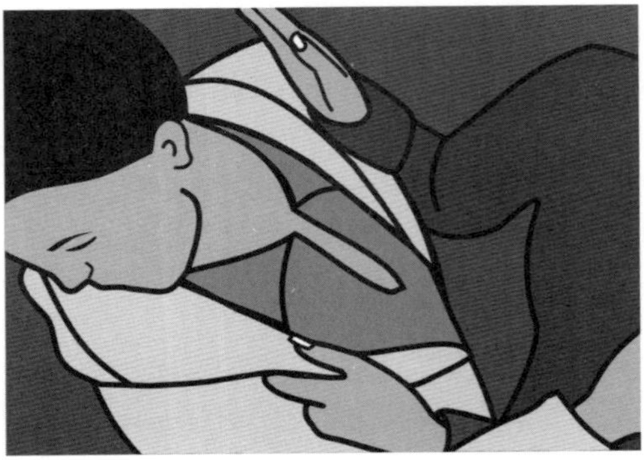

A namorada do Gero está grávida. Gero engravidou a namorada. Eu soube pelo meu irmão Anderson, que veio passar o final de semana comigo e com minha mãe.

Foi assim: eu estava em casa, estudando Matemática, tentando fazer as coisas que são fáceis para a Rafaela e difíceis para mim, e o Anderson chegou como quem não quer nada e largou na minha cabeça:

– O Gero vai casar. Com aquela loura gostosa.

– Sai pra lá, garoto, não vê que eu estou estudando? – eu disse, sem prestar atenção direito no que ele estava dizendo, já irritada com esses exercícios que me dão o maior trabalho de entender e quando eu acerto e vou para um parecido, descubro que é diferente e percebo que não dominei o caminho, tenho de fazer tudo de novo. E o Anderson vem com a conversa de loura gostosa. Quase bati nele. Mas ele repetiu:

– Emprenhou a garota e tá sem saber se foge ou se casa.

– Mentiroso! Você está inventando essa história, o Gero não faria isso.

– Fez, fez! Eu ouvi a conversa dele com o Wallace na birosca.

– Não acredito. – Eu me levantei, e isso devia servir para o Anderson entender que a brincadeira tinha passado dos limites, mas ele já tinha pegado a linha e não ia soltar.

– Não acredita por quê? O Gero fez isso sim, a Pri gosta do Gero, a Pri gosta do Gero, a Pri gosta do Gero, bem que o Polengo disse...

Foi então que eu peguei o moleque pelos cabelos. O Anderson, que não é bobo nem nada, começou a gritar como se eu estivesse arrancando a cabeça dele fora, tudo para minha mãe vir correndo da cozinha, como ela realmente veio. Antes, porém, que ela apartasse nós dois, ele me acertou uns chutes que devia ser o que ele queria fazer desde que começou a me provocar. O Anderson gosta de brigar, desde pequeno.

– Priscila Maria, o que é isso? O que deu em você para bater no seu irmão, logo no dia em que ele vem visitar a gente?

– Bati mesmo. Ele contou que ficava de papo com traficante, eu bati, ele sabe que não pode.

– Mentira dela, o Polengo nem era traficante, era olheiro ainda, e ela me bateu porque tá a fim do Gero e ele engravidou a gostosa da namorada.

Avancei de novo nele, minha mãe separou, ele começou a chorar de novo, como se fosse um bebezinho, minha mãe o colocou no colo, eu fui para o quarto onde agora só dormimos eu e minha mãe, as camas deles ficam vazias. Dava para ouvir minha mãe consolando e cochichando com ele: "Não liga não, a Pri está estressada com esse colégio difícil onde ela estuda, ainda bem que está chegando o final do ano".

Eu não estou estressada com o colégio. Não dessa vez. Estou arrasada com a história do Gero. O pior é que é possível que ele case. Ele engravidou a loura, como o Marquinho fez com a Laís, como os caras que transam com as garotas que conhecem nos bailes *funk* e nem querem saber no que deu depois. Não o Gero, ele não é igual aos outros. Ele vai casar com a loura, vai casar, e nunca mais vou ver o Gero.

Logo depois minha mãe saiu com os meninos, provavelmente para assistir à missa, ou ir à casa da minha avó. Ou as duas coisas. Para aproveitar bem o fim de semana, foi o que ela disse quando meu pai trouxe os meninos cedo hoje, antes que ele e Aparecida fossem para a casa dos tios dela em Araruama. Dessa vez minha mãe conseguiu ver os filhos sem precisar ir até à casa "daquela mulher". Há um mês ela só tinha notícias por telefone, eu é que fui levar os papéis da transferência da escola, então ela sabia que estava tudo bem, que os meninos estão gostando do colégio novo, o Anderson adorando passar umas horas com meu pai na oficina olhando os motores, ele e o Jefferson engordando com a comida da Aparecida.

Só que eles não disseram nada disso para minha mãe. Desde a hora em que colocaram os pés aqui, foi o tempo fazendo e falando de um jeitinho de pedir para ser paparicado. Conseguiram que minha mãe fizesse todas as vontades. Só que o Anderson não precisava ter me feito dar um escândalo pra vizinhança toda escutar.

Fiquei sentada um tempo no escuro, roendo as unhas que estou tentando deixar crescer, desanimada de voltar a estudar aqueles problemas difíceis de Matemática e Física que a Rafaela acha facílimos. Até que me decidi: se era verdade, eu queria saber dele mesmo.

Não encontrei o Gero. Encontrei a mãe dele. Sentada numa ponta da sala, todas as máquinas ocupadas, o Wallace estava lá, metido com um jogo onde ele faz ponto se matar muitos assassinos. É um bobo o Wallace, mas gosta desse tipo de simulação. Quando entrei, olhei e vi que o Gero não estava, meu desânimo aumentou. Então d. Suely me fez um sinal para entrar na casa, segurando, para eu passar, a cortina de pano, toda bonita, que separa o lugar onde eles moram do puxado onde o pessoal usa o computador. Antes ela falou igualzinho ao filho:

– Wallace, toma conta, que eu vou passar um café para a Maria.

– Ele foi à casa da noiva – a mãe de Gero disse.

– Então é verdade – respondi, cortando um pedacinho do bolo de casca de banana que ela colocou no meu prato, do lado da xícara de café preto. Besteira lembrar que o bolo é de casca de banana. A mãe do Gero gosta de copiar receitas diferentes que aparecem nos programas de televisão e fazer. A gente lembra cada coisa boba, quando recebe uma má notícia.

– Que a Wanessa engravidou dele? É verdade.

Engraçada a diferença no modo como as pessoas contam as coisas. A mãe dele de um jeito, meu irmão do outro.

– E eles estão noivos.

– Parece. Vão casar, juntar pelo menos.

– E o Gero vai parar de estudar por causa disso.

– Não, acho que ele vai continuar estudando e tomando conta da *lan house*. Foi o que eu pedi a ele. Não largar o que é nosso, não parar de estudar.

Ela ficou me olhando, se levantou, foi até a geladeira, pegou uma geleia de *kiwi*. Deve ter casca também, eu suponho, passei no bolo, ficou gostoso, mas eu estava sem vontade de comer. Comecei a falar rápido, não queria chorar na frente da mãe do Gero.

– Ela é bonita, não é? Magra, loura, de cabelo escorrido. Sempre quis ter cabelo liso, ser magrinha, acho bonito.

– Eu gosto de cabelo crespo e, se você quer saber, sempre achei que homem gosta de carne, quem gosta de osso é cachorro, você está muito bem, não fica devendo nada a nenhuma garota, nem a Wanessa, nem a ninguém.

– Eu devia fazer a sobrancelha, é muito grossa. – Eu me conheço, minha voz é que estava ficando grossa, mais um pouco ia chorar.

– Talvez seja uma boa ideia, fazer a sobrancelha. Abre o olhar, você vai ficar ainda mais bonita. Ouvi dizer que seus irmãos estão morando com seu pai.

– Estão. Eu que levei pro meu pai, no dia em que o Polengo morreu. Mas não foi por causa do Polengo, foi porque eu tinha teste. Eu sou muito egoísta.

– Não é não. Isso não é egoísmo, é atitude. Você é uma menina de atitude.

O filho dela disse a mesma coisa. Atitude. Mas vai casar com a loura que está grávida dele. Fiquei quieta.

– Você quer se dar bem, mas não quer prejudicar seus irmãos, fez o que é certo.

– Minha mãe não acha.

– Ela vai achar, um dia. É muito difícil criar filho sozinha. Ainda mais filho homem. O mundo é muito duro com os homens, se eles não tivessem a sorte de contar com as mulheres, não sei não.

– A vida das mulheres é pior.

– É. Mas a punição contra os homens é mais rápida, não vê as cadeias? Tem muito mais homem na cadeia do que mulher, mulher tem mais chance de chorar, pedir, arranjar alguém para cuidar ou que cuide dela.

– A senhora não está zangada com o Gero?

– Zangada, não. Estou muito triste, esse casamento não era para ele.

– Eu estou. Zangadíssima.

Eu já estava chorando, senti as lágrimas escorrendo, meu nariz ia ficar vermelho, começar a pingar, que horror, na frente da mãe do Gero, eu não queria fazer isso, mas estava fazendo. Ela se sentou do meu lado, passou a mão no meu ombro, me abraçou, eu chorei mais forte, estava molhando o vestido dela com minhas lágrimas, com a coriza que ia escorrer do meu nariz, que vergonha, chorei mais ainda.

– Está vendo como é melhor ser mulher? Homem não chora, quando chora logo vem alguém para dizer que é veado, que é fraco.

Ela ficou alisando meus cabelos, crespos, os da Wanessa são lisos, eu fui me acalmando, pensando como, às vezes, é mais fácil chorar perto da mãe dos outros que da mãe da gente, por que será?

– Hoje eu fui com uma amiga visitar a nora que está na cadeia. Você se lembra da minha amiga que foi expulsa daqui? Aquela de que o filho estava no tráfico, morreu, os outros dois desapareceram? A nora está presa, não sei se você conheceu, uma moça de atitude também, não sei se usava bem essa atitude, mas tinha atitude.

Eu me lembrava da nora, minha mãe sempre contava a história dela e da irmã para não me deixar ir aos bailes *funk*. Ela conheceu num baile o gerente da boca, ela com 14, ele com 18, ficaram, ela virou a primeira, botava para correr qualquer uma que chegasse depois, quando ele impunha uma segunda ou terceira ela brigava com as meninas. Ela se envolveu nos negócios, acabou presa porque foi buscar droga no Rio e trazer para cá. Ela já tinha 18 quando a polícia pegou, estava grávida, está em Bangu com a filhinha. O pai morreu, com 22 anos, durou até muito, não conheceu a filha. Fiz que sim com a cabeça, não queria que a mãe do Gero parasse de mexer no meu cabelo.

– Nós chegamos lá para visitar, quase ninguém na fila. É de cortar o coração. Na cadeia dos homens, a fila imensa de mães, mulheres, filhos. Na de mulheres, quase ninguém.

– Por que a senhora foi? Deve ser horrível.

– Eu fui porque minha amiga não conhecia ainda a netinha. Porque não gosta da nora, acha que ela foi presa à toa, por se meter a traficante, enfim, precisou ela perder três filhos para parar com essa bobagem.

– A senhora é a favor do casamento do Gero com a Wanessa, não é?

Eu estava olhando para ela de frente, não estava chorando mais, não queria abraçar mais ninguém.

– Não. Eu sou a favor de que meu filho estude, como você está estudando, que trabalhe, como ele trabalha desde os dez anos. Preferia que a moça não estivesse grávida.

– Mas ela está.

– Está, e a criança precisa de pai.

– Se a senhora quisesse, ele não casava.

– E como eu ia saber se isso é o certo? Não vê minha amiga? Não queria que o filho casasse com a moça, o filho morreu, e a moça está criando sozinha a filha. Na cadeia. A gente não tem querer com filho, Maria.

– Vou embora – disse me levantando.

– Você vai. – Ela me olhou sorrindo. – Você é jovem, não sabe, mas o que é da gente vem para a mão da gente. Mais cedo ou mais tarde.

* * *

– O professor de Matemática, o Marcos, diz que vai resolver o caso da sua protegida.

– Ela não é minha protegida.

– A bolsista por quem você torce.

– Eu torço por todos os bolsistas.

– Amanhã ela faz 15 anos.

– Como é que a senhora sabe?

– Você me chama para sair e continua me chamando de senhora?

– Desculpe, é o hábito. Como é que você sabe que ela faz 15 anos amanhã?

– Porque, quando ela pegou o boletim na coordenação, disse que as notas eram o melhor presente de aniversário que ela podia receber.

– As notas foram boas?

– Física, sete. Química, sete. Matemática, seis.

– É, seis em Matemática, em agosto, alguém tem que resolver esse caso.

– A Maria disse que a Rafaela ia matá-la por causa do seis, parece que elas estão estudando juntas, você sabia disso?

– Não, não sabia. Mas tudo o que eu não sei da vida dos alunos no colégio acabo descobrindo com você. O que mais ela disse?

– Ela resmungou um pouco sobre gente que acha que basta querer para aprender, como é o caso da Rafaela, e nesse ponto o Marcos chegou e perguntou qual ela achava que era a diferença entre aprender Matemática e redação.

– E eu perdi essa conversa. E ela ficou intimidada, desconversou?

– Não, não. Ela disse que Matemática é mais difícil, porque Redação quando se aprende o caminho é só fazer sempre, qualquer que seja o tema. E que em Matemática isso não basta.

– E o Marcos?

– Ele disse que Matemática também tem um caminho para aprender, e ela respondeu que tem, mas quando pensava "achei", ele, o Marcos, ia adiante e ela descobria que tinha duas coisas do quinto ano, do sexto, do sétimo ano que não sabia. Como foi o caso da soma de frações para resolver o problema de velocidade média na aula de física. Ou potenciação. Ou, ou, ou...

– Ou, ou, ou? O Prof. Marcos deve ter achado engraçado.

– Engraçado uma aluna dizer que com Matemática não funciona, porque é uma lista que parece não acabar nunca?

– E o que o Marcos respondeu?

– Antes que o Marcos tivesse tempo de responder, ela sorriu para ele e disse que, mesmo assim, estava satisfeita com o presente de aniversário. Seis em agosto.

– Eu, se fosse professor de Matemática, ficaria arrasado com a felicidade dela porque seis em agosto não dá para estar entre os doze em dezembro. Ela precisa de oito, e oito em Matemática, para ter chance. E subir Física também. Que depende de Matemática. Ele sabe disso.

– Pois é, deve ter sido por isso que ele propôs ao coordenador um curso de dez pontos básicos para se entender álgebra, de noite, só para os bolsistas que quisessem seguir.

– Ela não deve saber oito dos dez.

– O professor Marcos acha que um curso de duas semanas, de segunda a sexta, quatro horas, de cinco às nove, pode diminuir a lista.

– Será?

– Ele estava entusiasmado com a ideia. Exercícios com os pontos que os bolsistas deviam saber desde anos anteriores e não sabem. Exercícios do programa que eles estão cursando, exemplos que não dá para resolver sem saber o que eles não sabem...

– Vai ser um massacre, ela não vai aguentar. Entra às sete, estuda até três da tarde, às vezes até cinco, e vai emendar direto?

– Eu não disse que ela é sua protegida?

– Você não tem pena de uma menina de 15 anos estudar tanto assim e ainda ir para aquela lonjura da casa dela?

– Para dizer a verdade, não tenho não. Eu tenho pena é de mim, ir pela primeira vez numa gafieira com o inspetor-chefe do colégio onde eu trabalho a vida inteira e ficar falando de aluno em vez de dançar.

– Eu sempre quis convidar você para dançar nas festas de fim de ano do colégio, mas achava que não ficava bem.

– E agora, você está esperando o quê?

ESCALADA

Voltei para casa hoje. Minha mãe estava me esperando no calçadão, as coisas que ela vende já guardadas com o seu Raul, ele esperando para levar a gente em casa, de carro. Um passat velho, mas até bem cuidado, melhor que o do meu pai, que é mecânico. Ele continua usando aliança, mas minha mãe disse, depois que ele foi embora, que está se separando. Ela não me disse que eles estão namorando, ficando, nem nada do tipo, mas é claro que estão.

Aliás, parece que todo mundo está namorando hoje em dia. Até a d. Verinha, a secretária do coordenador, parece que está namorando o inspetor-chefe, o seu Pedro Paulo. Pelo menos, ela dá um sorriso todo fofo quando ele aparece sério, com aquela barriguinha que tem, e ele fica meio sem graça, mas a gente vê que, mesmo com os cabelos brancos, ele está na dela. Não adianta nem disfarçar porque todo mundo já percebeu.

Quem não está namorando está tendo filho ou grávida. A Laís teve neném, e a neném não tem nenhum problema, é perfeitinha, apesar dos exames avançadíssimos terem dito que a neném tinha grandes chances de nascer com defeito. "Deus é mais", disse a mãe do Marquinhos, e ele disse para mim: "O tal médico que você indicou não tá com nada". Eu nem respondi, estou feliz com a neném e feliz também porque o Marquinho está todo bobo com a menininha, e isso é bom para a Laís.

A Moreira está grávida. Aos 16 anos. Do Leo, que tem 17. A Maria Fernanda – a que era amiga dela, mas que sofreu com a "trairagem" da amiga, espalhando no colégio que ela fez um aborto – ligou para a mãe da Moreira e disse: "Tia, não sei se eu devia fazer isso, mas não quero que a Clau faça nenhuma besteira, achei que a senhora devia saber...". Não sei se ela falou desse jeito, estou supondo.

Eu gosto de supor coisas. Quando as suposições combinam com o que eu conheço das pessoas e com as informações a que tenho acesso. Rá, rá, rá, escrevi igualzinho o professor de Física fala, *informações a que tenho acesso.* Talvez eu devesse escrever "informações às quais tenho acesso", mas gosto mais do outro jeito. A Rafaela me contou que a Fernanda telefonou para a mãe da Moreira, segundo ela, para evitar que a ex-amiga fizesse uma besteira. Então é possível que ela tenha falado assim com a mãe da outra. Foi ela quem contou para a Rafa que a Moreira ficava zombando dela, por isso ela parou de ensinar Matemática, Física e Geometria de graça para aquela turma. Então, se a Fernanda é vingativa e esperta, deve ter feito uma declaração sonsa da gravidez da Moreira. Como ela soube? Não sei. Sei que a Moreira e o Leo vão fazer um casamento cheio de coisas e rápido. Os convites estão sendo disputados no pátio, ela aparece com fotos dos bolos, dos vestidos, as meninas da gangue dela entrarão na igreja como damas. Ela parece estar adorando. O que o Leo está achando disso, eu não sei. A gente não vê mais o Leo, agora que ele estuda num colégio de segunda linha porque foi expulso daqui.

Quando voltei para casa, hoje, a primeira pessoa que eu vi quando desci do carro foi a Wanessa. Ela já está com uma barriguinha, estava na porta do puxado dos computadores, devia estar reclamando de alguma coisa, porque estava com uma cara meio fechada, de quem comeu e não gostou. Pelo tamanho da barriga, ela está grávida há uns quatro, cinco meses, então ela custou a contar para ele, para a mãe dele. Ou ele custou a contar. Ela olhou, mas não me viu, na verdade ela não me conhece, sou apenas uma garota mais nova do que eles que frequenta a *lan house*, se interessa por jogos de meninos. Mas ele estava saindo da casa e me olhou de um jeito diferente de que jamais olhou para mim antes. Pode ser que eu esteja supondo errado, mas ele não me olhou rindo para mim, como sempre faz. Ele me olhou triste, eu achei. Pode ser que a minha tristeza esteja me fazendo ver coisas, mas achei que ele olhou triste e depois virou para ela, a loura grávida dele, e eles continuaram discutindo alguma coisa e eu entrei na minha casa.

Há mais de duas semanas que não venho aqui. Primeiro, foi o curso. Depois, nos fins de semana, a casa da Rafaela. Fazendo exercícios que ela fez nos anos anteriores, nas gincanas de Matemática de que ela participou, os irmãos participaram.

De segunda a sexta, eu ficava na casa da Luísa, uma menina do colégio. Não é bolsista, estuda lá desde pequena, é uma aluna muito razoável, nunca perdeu o ano, não anda com a turma da Moreira, nem com as outras turmas do pessoal que não é exatamente do Mal, mas vive à beira de encrencas. A Luísa não procura sarna para se coçar, como diz minha avó, e eu acho o máximo essa expressão porque é assim mesmo que algumas pessoas agem, como se esfregassem a pele em um cachorro bem sarnento só para ficar com aquela coceira horrível depois. Eu sei que é horrível. Já peguei sarna, uma vez, quando era pequena.

A Luísa soube do curso para os bolsistas, e ela – que antes só falava comigo oi e tchau – chegou para mim, na sexta-feira, antes de começar o curso e disse: "Maria, eu falei com a minha mãe e nós gostaríamos de convidar você para ficar lá em casa enquanto durar o curso de Matemática à noite".

Os únicos convites que recebi no colégio foram para as festas de 15 anos, logo que os bolsistas entraram, quando nós éramos novidade. Depois que o Vagner, o Zilton e a Aline caíram, os convites cessaram.

Bonita essa palavra, *cessar*. Sou muito desconfiada das atitudes desse pessoal aqui do colégio por causa dos convites terem cessado. Por isso disse que não precisava se incomodar, eu estava acostumada a voltar para casa todo dia, não queria dar trabalho... Ela me cortou, um pouco sem graça, e disse que não era incômodo, ela tinha gostado muito da minha redação e a irmã dela estava fora, num intercâmbio, eles moram quase em frente ao colégio, a gente podia estudar juntas, eu podia dar umas dicas de Redação para ela, Luísa, afinal eu escrevo tão bem... Fora a Rafaela, ninguém tinha me convidado para estudar junto antes. Ainda tentei me certificar de que não tinha caridade envolvida, detesto gente que faz favor para pobre para se sentir bem, e perguntei: "Mas como é que sua mãe vai colocar uma completa estranha dentro de casa? Você tem ótimas notas, não precisa dica nenhuma de redação". A resposta dela fez com que eu ficasse completamente sem graça, na maior vergonha da minha raiva, que faz com que eu, às vezes, suponha coisas sem nada a ver. Ela disse:

– Eu copiei sua redação no site do colégio e mostrei a meus pais, e quando eles souberam que ia ter o curso e que era de noite, disseram para convidar você, porque sua atitude contra o *bullying* foi muito corajosa e bem colocada. Para nós, vai ser um prazer se você aceitar o nosso convite. Quer o telefone lá de casa, para sua mãe ligar para a minha?

Eu quis o telefone. Dessa vez, liguei para minha mãe e pedi para ela ligar para a d. Marina, a mãe da Luísa. Não resolvi as coisas sozinha, como é minha tendência. Porque é mais fácil, porque minha mãe não sabe bem falar com estranhos. Quer dizer, minha mãe fala direito, do jeito dela, com estranhos, claro, porque se não como podia ser camelô? Mas nem ela, nem meu pai e a maioria das pessoas que eu conheço sabe falar com estranhos como os do colégio, e fico com medo de que as pessoas que sabem falar direito zombem deles e, para ser mais sincera ainda, tenho receio de ficar com vergonha deles depois que estou aprendendo tudo o que estou aprendendo, porque aí eu vejo o quanto eles falam errado e acho muito feio ter vergonha dos pais, mas eu tenho um pouco. Acho que esse programa de bolsas é muito legal, quando comecei achei que era perfeito porque ajudava com dinheiro, vale-transporte, livros, mas quando entra a família no meio acho que não é tão bom assim, porque deixa a família para o bolsista resolver, e não quero ter vergonha da minha mãe, que nem sabe o que é e-mail, quanto mais como falar no telefone com outra mãe que sabe muito mais do que ela sabe.

No caso do telefonema, eu controlei minha vergonha, liguei para minha mãe e expliquei para ela direitinho o

que era para falar e, apesar do meu medo de que ela falasse alguma coisa errada e apesar de eu não estar do lado para olhar feio para ela quando falasse errado, deu tudo certo.

Eu levei minha mochila para a escola, na segunda-feira, pesadíssima, porque minha mãe disse que não precisava a d. Marina buscar minhas coisas lá em casa. Minha mãe não aceitou porque foi uma das instruções que eu dei para ela, não deixar ninguém do colégio chegar perto da nossa casa. O valão, a favela, as casas sem reboco, eu não devia ter vergonha porque não é minha culpa as coisas serem assim, mas tenho.

A casa da Luísa é completamente diferente da minha. Não só porque os quartos têm portas, a televisão é grande e de tela plana e existem dois computadores e um *notebook*. Não. É diferente porque as pessoas são simpáticas umas com as outras, bem-humoradas, ficam juntas em harmonia. Eles parecem se dar bem, ser amigos, gostar dos filhos. É uma casa harmoniosa. Gosto muito dessa palavra. *Harmonia*. Inclusive entre os irmãos existe harmonia. A Luísa, o irmão caçula, que estuda de tarde no colégio, a filha que está no intercâmbio. Está A-DO-RAN-DO, ela disse no *skype*. Disse que arruma o próprio quarto, serve mesas, às vezes até lava louça, no intercâmbio de trabalho. Eu fiquei espantada, mas não disse nada, nem perguntei detalhes. Mas os pais da Raquel, a irmã da Luísa, pagaram para ela trabalhar fora do país e ter a experiência que eu tenho de graça, que é arrumar casa, lavar louça... "Aqui ela não fazia nem o próprio prato", disse d. Marina toda orgulhosa, enquanto colocava comida no prato do caçula, no jantar, a refeição que reúne a família toda. "Claro, você não deixa", disse Dr. Luiz Otávio, mas sorriu e ela sorriu de volta. "Eu não tenho cura, sou supermãe mesmo". Bonitinhos os dois.

Eles jantavam tarde, então quando eu chegava do curso, às nove e dez, nove e quinze, eles já estão na mesa, o meu prato me esperando.

Foi muito bom, não ter que voltar para casa de *van*, poder contar novidades para pessoas que não estão exaustas porque, apesar de trabalharem muito, trabalharam no ar-condicionado, sem apregoar mercadoria, sem correr do rapa.

Fico um pouco triste de gostar tanto de dormir com ar-condicionado ou de conversar sobre seriado de TV a cabo – minha casa não tem TV a cabo, dizem que os "síndicos" vão colocar, mas ainda não tem –, em vez de falar sobre quem foi morto na comunidade, como vai se comprar um tênis novo que o Jefferson está precisando ou com que dinheiro vai se pagar o tratamento de dentes do Anderson na Clínica Popular.

Fico um pouco triste, mas acho que não tem jeito. Descobri o concurso de Redação. Consegui não cair nas armadilhas que Zilton, Aline e Vagner caíram – coitadinhos, fico triste quando me lembro deles – estou avançando, depois do curso de Matemática. A gente passa a gostar de coisas diferentes quando consegue fazer coisas diferentes do que fazia antes, em lugares diferentes.

Sexta, à noite, o pai da Rafaela ia nos buscar. Porque a Rafaela assistiu ao curso. O professor Marcos ofereceu um ponto na média para os alunos mais adiantados que tivessem média oito e topassem ajudar no curso. Mais de trinta concorreram ao cargo de trabalho voluntário das cinco às nove, de segunda a sexta. E não eram bolsistas. Não precisavam de nota, pelo menos, eu não faria isso por causa de um ponto, não se eu já tivesse média oito. Não entendo esse pessoal do colégio. O cara tem ótimas notas e ainda quer mais. O professor selecionou três. A Rafaela entrou no trio. No curso, nos 30 minutos de resolução de exercícios, depois de cada 20 minutos de explicação do prof. Marcos, eles se sentavam com a gente e ficavam atormentando cada um até a gente achar a solução e achar do jeito que eles queriam que achasse. Não valia chutar a resposta. Acho que eles gostariam é de chutar a canela de quem não conseguia entender de imediato, coisas bobas como produtos notáveis, regras de sinais, MMC. Pelo menos os dois meninos do segundo ano que foram selecionados junto com a Rafaela me davam essa impressão. Bobas para eles.

Eu fiquei quinze dias, incluindo os fins de semana na casa da Rafaela, mergulhada em números. Fora os intervalos refrescantes, nos quais eu podia torturar a Rafaela para ela escrever um e-mail imaginário a um namorado também imaginário apaixonado por ela. O namorado imaginário fazendo intercâmbio numa estação de esqui durante meses. Mas minhas invenções de tema não funcionaram. Rafaela não consegue pensar uma coisa na qual ela não acredita. Eu vivo esquecendo esse detalhe. Mas ela está super bem em escrever com premissa, adorando escrever opinião, ainda mais do contra.

A melhor redação que ela fez foi quando eu propus que ela escrevesse uma mensagem a uma amiga apaixonada por um cara que engravidou a namorada. O primeiro rascunho eram vinte linhas de conselhos citando versículos da Bíblia e duas dizendo: "Samira, esquece esse rapaz, que ele vai acabar levando você para o pecado". Usei com ela o mesmo método que ela mais os dois colegas que ajudam o professor Marcos no curso, mais os irmãos *nerds* que ela tem, usam comigo. Obriguei a refazer até contar uma história completa. De novo, as perguntas que eu decorei e que uso quase como mágica. Onde, quando, quem, como, por que, para quê. Ficou muito legal a redação. O problema é que ela levou para o pastor no dia seguinte, era domingo, e a professora da escola dominical leu para as jovens que estavam lá e até o final da tarde toda a igreja comentava a redação de Rafaela, inspirada em mim, claro. Mas, no final, nem me incomodei. Eles não conhecem o Gero.

Voltei para casa. Estava com saudades. Meu pai vai trazer meus irmãos amanhã. Estou com saudades deles também. Vai ser bom estar ocupada com minha família, minhas amigas, os problemas, as histórias. Tem dias em que a gente pode viver dois pedaços, pedaços de dois mundos.

DOZE

Sou uma das doze! Sou uma das doze! Sou uma das doze bolsistas selecionadas. Passei por todas as provas, em algumas, como Física, Matemática, Química, raspando, em outras passei numa média boa para o colégio, oito. Em Inglês, surpreendi, tirei nove, o primeiro da minha vida, fora a redação da virada, aquela do dez.

D. Verinha conseguiu para mim um curso de férias de Inglês, um curso de imersão, em Niterói. Fica mais perto de casa e, quando eu voltar, ano que vem, estarei menos longe dos meus colegas que estudam Inglês desde pequenos.

Essas são as boas notícias.

As ruins são: uma, que o Gero está morando na casa da loura, não casou, mas está morando com ela, os pais dela brigando porque eles não casaram ainda. Minha mãe contou.

Outra, que quase virou notícia ruim, foi que eu convenci minha mãe a me deixar comemorar num baile *funk* aqui perto de casa, um baile que começa de tarde. Ela deixou porque era de tarde. Risco menor.

Eu estava gostando de dançar, gostando de sair com as meninas que fazia tempo com quem eu mal conversava, desde que entrei para o colégio, em março. Então, aconteceu uma confusão, dois garotos começaram a brigar, por causa de bebida, por causa de alguma garota ou porque esbarraram um no outro, ninguém soube o porquê. Eu fiquei bem assustada. Mas os seguranças colocaram para fora, eles colocam mesmo, não deixam a confusão se criar, e eu não quis parecer que tinha virado uma medrosa e fiquei no baile.

Quando saí com minhas amigas, um dos rapazes expulsos estava voltando. Pelo que entendi, ele foi em casa e voltou armado. Disseram depois que o pai é policial, guarda armas em casa, e o garoto voltou atirando em cima do outro que também foi expulso, mas tinha ficado por ali, caçando mais briga. Teve gente correndo por todos os lados, uma menina que estava comigo escorregou na correria, por pouco não quebrou a perna, o braço ou pescoço. Eu corria e rezava e pensava: "Eu só tenho 15 anos, não quero tomar uma bala, não quero morrer, quero fazer o que eu quero, não quero cair porque estou correndo, não quero que ninguém me pise". Corri muito, pensando tudo isso, correndo, conferindo se minhas amigas estavam escapando da confusão também, correndo até um ponto em que não havia mais perigo.

Quando a gente chegou perto de casa, longe da chance de levar um tiro, a Daiane começou a rir, pode ter sido de nervoso, mas tive vontade de bater nela. A gente foi andando, todo mundo com as sandálias na mão, a primeira coisa que a gente fez foi tirar as sandálias para não cair, descalço se corre melhor. Elas foram contando de outras confusões a que já tinham assistido, e eu fui escutando e pensando que podia ter morrido e aí não ia ter adiantado nada batalhar tanto para ser uma das doze.

Tão cedo eu não quero mais notícia ruim. Não quero procurar por notícia ruim, basta as que acontecem e não dependem de eu procurar. Como o casamento do Gero.

Mas com tudo isso, eu sou uma das doze, consegui a bolsa, consegui aprender, virei o que eu queria ser, virei o que eu sou. Maria.

CARTA AO LEITOR

"Haverá nessa terra muitas coisas maiores do que a mitologia grega, na sua capacidade de contaminar poetas e pensadores? Dai-me uma fábula grega, um 'mitologema', e eu recriarei o mundo."

Murilo Mendes, em *Transistor – antologia de prosa*

Caro leitor,

É com prazer que vou lhe contar como escrevi *Eu sou Maria*, sétimo título da Coleção Reconstruir, a atualização do mito de Hércules e seus doze trabalhos.

Vou começar pela escolha para personagem principal de uma adolescente de 15 anos, moradora de uma favela do Rio de Janeiro, sem nenhum envolvimento com drogas ou crime.

Muito se fala de jovens que se perdem, mas pouco se diz da luta que é se encontrar. Encontrar o lugar certo, mesmo que o caminho seja mais demorado, mais difícil. Acertar o passo, resistindo à tentação do atalho, do doce, da casinha de chocolate, como em João e Maria. A tentação do dinheiro fácil e rápido, a aprovação da turma, o divertimento sem pensar no amanhã. O esforço enorme que a maioria dos jovens faz de estudar, arranjar emprego, não engravidar fora de hora, não usar drogas.

A maioria dos jovens nas favelas quer viver bem e em paz, não gosta do crime, não pratica o crime, não é a favor das drogas. A maioria tem medo e quer viver entre coisas boas. Mas é difícil lutar muito para ter o mínimo de coisas boas, é difícil esperar muito para conseguir isso.

Quando a gente passa nas bancas de jornal, não está estampada a história de Maria: jovem moradora de favela ganha concurso nacional de redação. Por isso, eu escolhi essa protagonista. Uma história possível.

Um dos objetivos desta coleção é partilhar com leitores, como você, os segredos da criação de um mundo imaginado por um escritor a partir do mundo real.

Escrevo com o auxílio do jogo "Autoria" de criar histórias e, nos seis livros anteriores, elegi um aspecto que considerei mais relevante da narrativa para mostrar como este enredo foi criado.

Se você quiser saber mais sobre o jogo ou sobre o método Autoria, entre em contato no *site* www.autoria.com.br.

Neste, decidi contar como alguém consegue, através do estudo, não seguir nenhum dos caminhos de risco de seu ambiente social – drogas, gravidez precoce, crime –, mesmo que para isso precise vencer grandes obstáculos. Tarefa para Hércules nenhum colocar defeito.

Hércules é o herói grego por quem tive mais compaixão desde a primeira vez que li sobre ele. Foi perseguido por sua origem, tinha bom coração, era generoso, era valente. Fraquezas: facilmente se deixava levar pela raiva e não era muito bom em perceber conexões entre os acontecimentos. Talvez ele não visse soluções sem o uso da força para resolver problemas ou superar obstáculos.

O que eu preferi atualizar do mito de Hércules? O esforço de matar um leão por dia, como se diz por aí. E se o Hércules de hoje fosse uma mulher, uma adolescente? Pobre? Qual seria a situação que obrigaria "uma" Hércules, hoje, a realizar empreitadas muito difíceis?

Definida a história, fui levantando o enredo a partir das sete perguntas básicas do método Autoria, perguntas que servem para guiar qualquer um que deseje organizar e exercer sua imaginação em toda a plenitude. As perguntas são:

Quem? Maria, adolescente de 15 anos, moradora de uma favela de São Gonçalo.

Quando? Antes (prólogo) e durante (nove meses) curso de nivelamento com bolsa de estudo conquistada em concurso de redação.

Onde? No Rio de Janeiro, num colégio particular, de primeira linha.

Cenários? O colégio e a favela, basicamente.

Qual o objetivo dos personagens? O de Maria é ganhar o Prêmio Monteiro Lobato de uma bolsa de estudos até o final da universidade para não seguir o caminho que considera ruim. O objetivo das pessoas que apostam nela é ajudá-la. As pessoas que não acreditam no direito de Maria fazer isso é impedir que ela vá até o fim.

Qual o problema central da história? O problema é que, para Maria conseguir a bolsa, tem de aprender o que não sabe sem se deixar intimidar por gente ruim.

Qual o título da história? *Eu sou Maria*.

No caso deste livro, o título determinou a maneira como a história seria contada. Quase um mantra, uma profissão de fé. Escrever em primeira pessoa ajuda a criar esse efeito.

"Eu sou Maria, este é o meu nome, quem eu sou, quem tenho o direito de ser, vou contar como é duro ser o que sou, como é bacana ser como sou e onde vou chegar sendo o que sou. Apenas Maria."

É uma trajetória de herói, é o caminho de uma pessoa comum, uma adolescente vestindo as roupas e as armas de um herói dos nossos dias. Como no Salmo 91. Como na música de Jorge Benjor. Um herói comum, fazendo o que pode para superar obstáculos, para se superar.

Difícil foi abrir mão de "colar" cada trabalho de Hércules com os obstáculos enfrentados por Maria. Primeiro dividi os trabalhos em tarefas de astúcia, de resistência, de transformação. Depois, fui escrevendo e só no final percebi que alguns trabalhos podiam coincidir com os de Hércules. O leão de Nemeia, o primeiro, foi enfrentar o rapaz mau-caráter por quem ela quase se apaixona. As aves do Lago Estinfale, arranjar uma ocupação que a gratificasse tanto que ajudasse a não dar importância a Cláudia Moreira e sua gangue. O cinto da rainha Hipólita, para Maria, ocorre quando ela consegue deixar de lado o preconceito e estudar Matemática e Física mais um pouquinho para melhorar sua colocação na disputa, com a ajuda de Rafaela, a *nerd* das *nerds*. A limpeza das cavalariças é quando ela pega o táxi de um miliciano para não faltar à prova e leva os dois irmãos junto, preocupada com a invasão da comunidade. A corça dos pés de bronze é Gero, um rapaz que ela deixa de ver quando ele parte para outro caminho e se afasta dela. O final fica em aberto, será que um dia ele volta para ela?

Precisei parar, algumas vezes, esta carta que estava escrevendo a você, leitor, para, pesquisar em meus livros de referências e *sites* sobre os doze trabalhos para instigar minha imaginação. Isso pode ser uma boa sugestão de método: quando sua inspiração, seu impulso para escrever sobre uma coisa "seca", parar e pesquisar sobre o tema. Refrescar a memória. Geralmente funciona.

Umas das maneiras de mostrar toda a força da personagem é usar como estratégia narrativa mudar **quem conta** a história de vez em quando. É um exercício interessante, tente que você vai gostar. Começar com uma pessoa contando, depois passar para o ponto de vista de outra, três "estações" depois misturar primeira pessoa com terceira, contar usando diálogo, um personagem contar o que o outro não tem como saber.

É um exercício legal porque na vida também é assim. A gente pensa que sabe o que as pessoas sentem ou pensam sobre o que a gente fez com elas ou sente por elas. No entanto, se as pessoas escrevessem com sinceridade sobre isso, talvez a gente descobrisse que estava completamente enganado. Na vida, não há como evitar os acidentes de incompreensão, na escrita sim. Essa é uma das coisas boas de contar histórias. Para tentar entender por que as coisas ruins da vida acontecem e não deixar que elas nos destruam.

Comecei a gostar de aprender e gostar de descobrir coisas lendo livros, em especial os de Monteiro Lobato para crianças. São livros que misturam imaginação, curiosidade e conhecimento, e não existe, para mim, nada mais envolvente do que essa mistura. Os livros de Lobato, além de fonte de inspiração para os meus livros, são, até hoje, uma fonte de inspiração para atitudes importantes – nem sempre sensatas, em geral atrevidas – que pratico. Por isso, coloquei seu nome no prêmio que inventei para Maria.

Em homenagem ao método de Lobato de escrever, misturando curiosidade e conhecimento, pedi ajuda a algumas pessoas muito generosas para que me ensinassem coisas que nem eu, nem Maria sabíamos.

Foi o caso do professor Jorge Sá Martins, que tem o maior bom humor com a ignorância alheia que já encontrei na vida e deu contribuições importantes desde o começo. As dificuldades de Maria com soma de frações, X no lugar de incógnita, são as minhas. Jorge Sá Martins me ajudou a esclarecer dúvidas tantas vezes que as páginas sobre o assunto eu diria que são quase de coautoria, se não fosse o risco de atribuir a um físico os equívocos que porventura eu possa ter cometido. O professor Marcelo Sá Correa foi procurado por mim para me ajudar a decidir o que fazer com o meu professor de Matemática. Foi decisiva a sua contribuição. Qualquer erro relacionado a números, neste livro, é meu e não dele. Mostrei os originais do livro à professora Regina Carvalho para conferir a maneira pela qual Maria ensina à colega o que aprendeu. Regina gosta de ensinar e gosta de aluno, sua opinião foi valiosa. Bárbara Rodrigues Mota leu capítulo por capítulo, quase como uma novela, e sua aprovação foi decisiva para mim.

Às professoras Célia, Neide e Dulce e aos alunos do terceiro ano do colégio Walter Orlandini, em São Gonçalo, devo a leitura da primeira versão do livro. Foi uma experiência de interatividade entre escritora e leitores que me fez muito bem. Foi a primeira vez que jovens leram um livro desta coleção antes de publicar e ajudou a garantir a verossimilhança possível. Quem quiser conhecer a experiência, pode conferir no YouTube, pesquisando em interatividade e literatura.

A verossimilhança de cenários e comportamentos é um esforço grande para um escritor. Ainda mais quando o tema emociona quem escreve. No Brasil, o envolvimento de adolescentes pobres no crime, em especial no tráfico de entorpecentes no Rio de Janeiro, me deixa muito triste. Chamam minha atenção, principalmente, as notícias sobre o envolvimento crescente de meninas. Há alguns anos visitei, para fazer uma doação, o Educandário Santos-Dumont para adolescentes que estavam cumprindo medida socioeducativa, a penalidade para menores infratores. Fiquei impressionada com as histórias, com a pequena quantidade de internas e como algumas pessoas tentam ajudá-las, sem saber exatamente como ajudar ou como convencer outras a contribuir para esse esforço. Daí tirei o contexto do qual Maria quer fugir.

Durante os anos de 2006 e 2007, várias reportagens, livros e filmes trataram de um tema que mexe comigo, há muito tempo: o assédio moral nas escolas – o que nos EUA e na Europa se conhece como *bullying*. Por algum motivo que não entendo, certas pessoas, que não passam por dificuldades extremas, não apenas não ajudam quem passa como parecem encontrar satisfação em atrapalhar a vida dos outros com atitudes malévolas. O que eu conheço dessas atitudes serviu de inspiração para algumas das dificuldades que Maria precisa enfrentar.

A adolescência é uma época em que é difícil se achar e fácil se perder. Talvez por uma tendência a querer ser igual a quem tem o que a gente deseja. Pela dificuldade de conviver com a tentação de resolver rápido os problemas, sem saber bem como, problemas como uma roupa nova, um tênis de marca, dinheiro para uma festa ou para alguma outra coisa que dê prazer. Problemas aparentemente insolúveis e tentações. Eu já fui adolescente.

Para ser honesta com você, leitor, uma fonte de inspiração importante foi a minha própria biografia. Eu, na adolescência, também invejei meninas em melhor situação financeira ou social que a minha, meninas que eram mais charmosas ou mais hábeis que eu para atrair os garotos mais bonitos. Como minha personagem, eu também precisei me esforçar muito para não cair em situações de drogas, gravidez precoce e ilegalidade.

Para minha trajetória, fez diferença gostar de estudar, de descobrir, de imaginar. Não sentir necessidade de quebrar regras só por quebrar regras. Não ter dificuldade de seguir ordens. Ter medo de gente malévola e pena de quem se perde. Foram essas as características, somadas às circunstâncias favoráveis, que me salvaram. Eu também me chamo Maria.

A autora

Sonia Rodrigues é jornalista, doutora em literatura e escritora. Nasceu em Irajá, subúrbio do Rio de Janeiro. Morou em 21 casas antes dos 17 anos, estudou em oito escolas diferentes antes de fazer supletivo dos Ensinos Fundamental e Médio, que na época se chamavam Primeiro e Segundo Graus. Levou 16 anos para concluir a faculdade e sete para fazer mestrado e doutorado. Criou três filhos.

Escreveu 30 livros, cerca de 20 já publicados. Entre eles, seis adaptações de clássicos gregos, uma adaptação de Shakespeare, além de adaptações de uma obra medieval europeia, de dois clássicos norte-americanos e de um clássico árabe. Inventou um jogo de criar histórias, chamado Autoria, e o *site* www.autoria.com.br, onde ensina escrita criativa para gente de todas as idades.

Sonia acredita que muita luta e muito esforço tornam possível realizar tarefas quase impossíveis, como subir falésias, derrotar monstros, recuperar um grande amor. Mas deseja, também, que os jovens brasileiros tenham oportunidade de estudar, de fazer coisas boas, de viver momentos de felicidade, sem precisarem matar um leão por dia. Por isso, e para isso, Sonia escreve.

Os ilustradores

Branca Escobar é formada em *design* gráfico pela Universidade Federal do Rio de Janeiro. Atua como *designer* em seu próprio estúdio, a Criatipo, que divide com Fernanda Monegalha. "Pela primeira vez trabalho com ilustração de livros", ela conta. "Considero ter sido um desafio e ao mesmo tempo uma experiência muito gratificante."

Angelo Abu nasceu em Belo Horizonte, como gosta de dizer, "em 1974 d.C.". Sempre desenhou quadrinhos, trabalhando paralelamente com ilustração. Estudou Cinema de Animação na Escola de Belas Artes da UFMG, e hoje presta serviço para diversas editoras, principalmente ilustrando livros.

Veja no *site* www.angeloabu.com.br uma amostra do seu trabalho artístico. Como ele nos diz, "em cada trabalho, procuro adequar minha técnica ao universo e estilo do texto. Neste livro, ilustro a versão mais descritiva do mito de Hércules, sem grandes transposições estilísticas, bebendo direto na fonte, baseando-me nas ilustrações gregas da época, feitas em vasos".

REFERÊNCIAS BIBLIOGRÁFICAS

BRANDÃO, Junito de Souza. *Mitologia grega*. Petrópolis: Vozes, 1997. Vols. I, II, III.

CEIA, Carlos. *E-dicionário de termos literários*. http://www.fcsh.unl.pt/edtl/verbetes/A/alegoria.htm.

GUIMARÃES, Ruth. *Dicionário de mitologia grega*. São Paulo: Cultrix, 2004.

HAMILTON, Edith. *Mitologia*. São Paulo: Martins Fontes, 1992.

LOBATO, Monteiro. *Os doze trabalhos de Hércules*. São Paulo: Círculo do Livro, 1988. Vols. I e II.

SCHWAB, Gustav. *As mais belas histórias da Antiguidade clássica*. São Paulo: Paz e Terra, 1996. Vol. II.

coleção
reconstruir

SONIA RODRIGUES

OS DOZE TRABALHOS DE HÉRCULES

Ilustração
ANGELO ABU

Formato

OS DOZE TRABALHOS DE HÉRCULES

Hércules ou Heracles é um dos mais importantes heróis da mitologia grega. Seu nome de nascimento nem era esse. Nasceu Alcides. Heracles quer dizer "glória de Hera", e ele só realmente fez por merecer o nome depois dos doze trabalhos.

A diferença de nomes já pede uma explicação. O nome grego é Heracles, mas, quando o império romano conquistou as cidades-estado do país que hoje conhecemos como Grécia, os romanos adotaram deuses e heróis gregos e lhes deram outros nomes. Como a influência romana foi enorme para a posteridade – o latim é a língua-raiz, por exemplo, do português –, o herói é mais conhecido por Hércules.

A palavra *mitologia* também merece atenção. Todas as sociedades têm uma explicação do mundo, uma matriz a partir da qual seus membros possam entender uns aos outros, a natureza e o que está além dos sentidos. Sendo assim, todas as sociedades têm mitos, padrões, símbolos que servem de exemplo e permitem a compreensão do que acontece e do que nos espera. Mitos estão relacionados ao conhecimento, à esperança, ao temor do que está além do homem comum, do momento presente.

Algumas culturas forjaram um conjunto de mitos mais abrangente, mais impactante ou mais divulgado do que outras. O que se chama hoje de mitologia grega é representado pela fusão das culturas de vários povos que foram absorvidas pela cultura helênica e que também influenciaram a cultura que se tornou dominante.

Quando no século XXI se assiste a um seriado como Heros, um desenho animado do Homem Aranha ou se lê uma revista em quadrinhos do X-Man, muitas vezes não se tem ideia do quanto heróis como Heracles (ou Hércules) estão por trás da criação dos personagens atuais.

O mais difícil quando se reconta uma história como *Os doze trabalhos de Hércules* é fugir à tentação de inserir interpretações dos nossos dias às ações do herói.

Outra coisa difícil é não contar, em detalhes, as dezenas de pequenas tarefas ou grandes desastres realizados por Hércules entre um trabalho e outro. Porque os heróis gregos eram muito humanos. Seres humanos, como qualquer bom observador sabe, cumprem grandes tarefas, pequenas tarefas, repletas de boas ações e desastres. Generosos algumas vezes e cruéis outras, os heróis gregos chegam aos dias de hoje cumprindo a função suprema do mito: ensinar o melhor e o pior da humanidade, da qual somos parte.

Hércules nasceu da união entre Zeus, o deus dos deuses, e Alcmena, esposa de Anfitrião, rei de Tebas. Outra diferença cultural importante. Na mitologia grega, às vezes acontecia de primeiros filhos de casas reais serem filhos de

deuses e não de esposos humanos. A religião grega era uma religião antropomórfica; os deuses, portanto, se apaixonavam e tinham filhos como os humanos, apesar de aparecerem disfarçados para os mortais.

Zeus se aproveitou da ausência do esposo de Alcmena, envolvido numa das muitas guerras da época, e apareceu para ela na forma de Anfitrião. Zeus contou-lhe dos combates, dos ferimentos dos soldados, das estratégias militares, enfim, era inegável, para ela, que seu esposo havia voltado. "Mas sozinho?", ela deve ter perguntado ao vê-lo chegar sem seu exército. "Não aguentava mais de saudades", deve ter mentido o deus, e ela acreditou. Mentir não era problema para os deuses gregos, eles eram como nós, os humanos. Ocorreu que, dias depois, chegou o verdadeiro Anfitrião, que deve ter ficado enciumadíssimo e descrente da história. No entanto, eram tantas as informações que Alcmena detinha sobre a guerra recém-vencida – e as últimas vitórias de Anfitrião, já que Zeus, que tudo via e sabia, antecipara o resultado de várias batalhas –, que o marido teve de se conformar com o inevitável. Nove meses depois, Alcmena colocou no mundo os gêmeos Alcides (Heracles ou Hércules), filho de Zeus, e Ificles, filho de Anfitrião.

Zeus era casado com Hera, a deusa protetora do casamento, protetora dos amores legítimos. Hera não gostava das infidelidades do esposo divino e costumava vingar-se delas nos descendentes desses adultérios. Desde o nascimento de Hércules, ela procurou um meio para realizar sua vingança.

Hércules cresceu forte e intempestivo, ou seja, a qualquer contrariedade sua reação era desproporcional ao motivo que a havia provocado. Assim, matou um professor por uma futilidade, cortou orelhas e narizes

de cobradores de tributos, afogou a cavalaria de um rei inimigo e o perseguiu na fuga, matando o adversário a flechadas. Como a maioria dos heróis da mitologia grega, dispunha de força descomunal e possuía habilidades sobre-humanas. Isso fazia com que reis de várias cidades-estado o quisessem como pai de seus netos. Na Grécia, naquela época, ser mãe do filho de um herói era uma circunstância apreciável. Muitos reis e guerreiros ficaram conhecidos como filhos de Hércules, mais precisamente, como heraclidas.

Hércules se casou com Mégara, filha do rei de Tebas, e com ela teve oito filhos. Um dia, a vingativa Hera enviou contra o herói o *Furor*, a *Raiva* e a *Demência*, e ele, enlouquecido, matou a mulher e os próprios filhos.

Mais uma característica interessante da visão de mundo dos antigos gregos: os deuses tinham como escravos divindades menores, subordinadas a eles: o *Furor*, a *Raiva*, a *Demência*, a *Insegurança*, a *Tristeza*. Eram elas que empurravam os humanos para os erros graves. Esses erros eram sempre punidos, precisavam de expiação, purificação.

Voltando a si, Hércules procurou o oráculo de Apolo, em Delfos, para pedir orientação sobre como pagar por seu crime. Pítia, a sacerdotisa que se comunicava, em transe, com o deus, disse-lhe que ele deveria se colocar a serviço do rei de Micenas, Euristeu, durante doze anos.

Euristeu exigiu que Hércules livrasse o mundo de alguns monstros e cumprisse um tanto de desafios. Seis no Peloponeso, a região continental onde ficavam as cidades-estados gregas, e seis na região insular. A cada tarefa, Hércules deveria voltar a Euristeu com provas da realização para receber a tarefa seguinte. Foram essas tarefas que ficaram conhecidas como os doze trabalhos de Hércules.

Os doze trabalhos iniciaram-se com a incumbência de destruir o **Leão da Nemeia**. O animal tinha esse nome por causa da região que aterrorizava com o seu apetite por carne humana e com sua pele invulnerável, que o protegia das flechas disparadas em sua direção. Além disso, o leão habitava uma caverna com duas saídas, o que dificultava tocaiá-lo.

Esse trabalho foi o menos complicado, apesar de ninguém ter conseguido derrotar o leão antes. Hércules atacou o leão com a clava e se atracou com ele até asfixiá-lo. Depois, fez de sua pele um escudo e da cabeça um capacete. Contado assim, em poucas palavras, parece incrível que ninguém tenha conseguido antes, apesar do prejuízo de vidas humanas e dos ataques aos rebanhos provocados pelo animal, que diziam ter caído da lua. Mas a tarefa dependeu de três ações do herói, simples porém importantes. Hércules fechou uma das saídas da caverna, forçando o leão a sair por um caminho só quando estivesse com fome. Chegou perto o bastante para usar a clava, mesmo sabendo que o golpe não o mataria, pois sua pele era invulnerável. Porém, havia chances de o animal fraquejar com a pancada, e foi nisso que o herói apostou, atracando-se com ele direto no pescoço, apertando, apertando, apertando... até a morte por asfixia. Existia também a chance de o leão ser mais rápido e atingi-lo mortalmente. Será que Hércules pensou em tudo isso? Provavelmente não. Fez o plano básico sabendo que poderia morrer na execução. Foi esperto, foi valente, precisava expiar seu crime, precisava livrar a região de um monstro. E livrou.

O segundo trabalho foi contra a **Hidra de Lerna**, uma serpente com nove cabeças que renasciam ao serem cortadas. Uma delas, ainda por cima, era imortal. Se uma gota do sangue ou da saliva da hidra respingasse num ser humano, a morte seria certa. A hidra vivia num pântano próximo a uma floresta. Era impossível drenar o pântano, porque ninguém conseguia, nem se atrevia a chegar perto.

Para destruí-la, Hércules contou com a ajuda do sobrinho Iolau. Juntos, incendiaram várias árvores e fizeram delas tições. Enquanto Hércules cortava uma cabeça, Iolau cauterizava imediatamente o local de interseção com o corpo do monstro. A imortal era a parte mais difícil: essa Hércules enterrou bem fundo e colocou uma pedra enorme em cima. Depois de matar o que era possível matar da hidra, drenou o pântano, dificultando que outros monstros do mesmo tipo se reproduzissem ali.

O terceiro trabalho foi a captura da **Corça dos Pés de Bronze**. Essa corça pertencia à deusa Artemis, a caçadora, e tinha pés de bronze e chifres de ouro. Era um alvo cobiçado por todos os heróis e mesmo por simples caçadores. Acreditava-se, na época, que, em virtude do não desgaste dos cascos e da proteção da deusa, sua corrida era incansável. Por mais que tentassem, não conseguiam pegá-la, daí Euristeu ter encarregado Hércules da tarefa. Contam que o herói levou um ano perseguindo a corça até que lhe ocorreu mudar de tática e esperá-la no templo da deusa para onde, mais cedo ou mais tarde, ela voltaria. Essa tarefa dá bem a dimensão do castigo imposto a Hércules. A força, a violência, mesmo a resistência física do herói, não significavam nada para atingir este alvo específico. Apenas a perseverança – um ano viajando atrás da corça por todo o mundo conhecido – permitiu que ele conseguisse levar a corça para o rei Euristeu.

A peregrinação atrás da corça não afastou Hércules de outras aventuras. O escritor Monteiro Lobato nos conta que, antes de alcançar seu objetivo, Hércules se envolveu numa briga com centauros, seres metade homem, metade cavalo, na Arcádia, região montanhosa que tem inspirado muitos poetas através da história.

Em sua narrativa, Lobato mescla o herói grego às suas próprias criações. Pedrinho, Emília e o Visconde de Sabugosa partem numa aventura em auxílio de Hércules, do que resulta uma saborosa interação. Outra coisa que Lobato fez como ninguém até os dias de hoje foi intercalar as histórias de Hércules com a de outros mitos gregos, de forma que seus livros representam um passeio imperdível pela mitologia grega.

O quarto trabalho foi a captura do **Javali de Erimanto**. O animal era enorme e feroz e causava grandes prejuízos aos moradores do monte Erimanto e seus arredores. De novo, como no caso do leão, Hércules empreendia uma caçada em que o caçador, para vencer, precisava combinar força e esperteza – com a vantagem de que o javali não tinha pele invulnerável. Uns contam que Hércules cavou um mundéu e atraiu o javali em sua direção; ao descer enfurecido, o animal caiu no buraco e foi içado depois para ser domado como um cavalo xucro. Outros, que Hércules teria atraído a fera para uma caverna onde o bicho se debateu sem conseguir sair por dias seguidos. De qualquer forma, era uma fera que era necessário cansar para que o homem a pudesse dominar.

Por ocasião de aventuras excepcionais – e foram muitas –, Hércules adquiria algum apetrecho especial, como as flechas invencíveis que foram herdadas, depois de sua morte, por seu companheiro Filoctetes e permitiram que este matasse Páris, príncipe troiano, quase no final da guerra de Troia.

No quinto trabalho, o rei Euristeu encarregou Hércules de eliminar as monstruosas **Aves do Lago de Estinfale**. Dizia-se que elas comiam a carne dos passantes que derrubavam, lançando suas penas de aço, como se fossem dardos. Eram tão grandes e em tal quantidade que, em volta do lago, não se via a luz do sol. Atacá-las abertamente seria impossível. Nessa tarefa, Hércules contou com a ajuda da deusa Atena, sua aliada de sempre, que lhe presenteou com sinetas de bronze, cujo terrível barulho só as aves podiam ouvir. Atordoadas, elas levantavam voo e Hércules as abatia a flechadas. As tais flechas invencíveis haviam sido embebidas no sangue envenenado da Hidra de Lerna. As aves não resistiram, não sobrou uma.

Mais uma vez, o benefício para a região foi enorme. Não só por libertar os viajantes do perigo como também porque o lago voltou a receber a luz do sol, a vegetação a crescer, ou seja, a vida das pessoas que viviam em Estinfale voltou ao normal. Por isso os heróis eram tão queridos e admirados na Grécia antiga, apesar de seus graves erros.

O sexto trabalho de Hércules foi a limpeza dos **Estábulos do rei Augias**. Conta-se que esse rei juntou um enorme e admirável rebanho de cavalos, por meio de negócios nem sempre limpos. Não eram limpos também seus métodos de criação, porque deixou acumular trinta anos de esterco no lugar onde os cavalos eram guardados, provocando a esterilidade da terra ao redor.

Essa história tem um detalhe interessante, porque Hércules, antes de iniciar a limpeza, propôs ao rei execu-

tar a tarefa em troca de um décimo do rebanho. O herói não via nenhum problema em receber cavalos em troca do trabalho apesar de se submeter espontaneamente à punição por seus crimes, servindo à comunidade que se beneficiaria da eliminação dos gases fétidos das cavalariças e do esterco para fertilizar a terra. Augias aceitou, seu filho Fileu foi testemunha e Hércules resolveu aquela tarefa com um recurso simples, porém engenhoso. Desviou o curso de dois rios, Alfeu e Peneu, para dentro dos estábulos. A enxurrada varreu o esterco acumulado por décadas e, depois, Hércules refez o curso dos rios e as cercas dos estábulos. Só que Augias se recusou a pagar o combinado e expulsou Hércules do seu reino. A atitude, é claro, desencadeou, não uma, mas duas batalhas, ao final das quais o rei foi morto por Hércules e seus aliados, e Fileu, colocado no trono em seu lugar. Conta-se que, por ocasião da segunda guerra contra Augias – a vencida por Hércules –, foram fundados os Jogos Olímpicos.

A sétima tarefa de Hércules foi capturar vivo o **Touro de Creta**. O rei de Creta, Minos, havia prometido sacrificar a Posídon tudo que surgisse do mar, e esse deus, para testá-lo, enviou um touro magnífico, que o rei resolveu guardar para si, sacrificando um touro comum em seu lugar. Posídon, para castigá-lo, enlouqueceu o touro, que passou a atacar a população e causar estragos variados. Não seria uma tarefa difícil para Hércules, não fosse o detalhe de levar o touro vivo até Micenas. Mesmo assim, o herói conseguiu laçá-lo e conduzi-lo por mar e por terra até Euristeu.

O oitavo trabalho foi capturar as **Éguas de Diomedes**, rei da Trácia. Essas éguas eram antropófagas, alimentadas pelo rei com a carne de seus inimigos. A ordem de Euristeu foi, mais uma vez, levá-las vivas até Micenas. Evidentemente, um rei disposto a treinar quatro animais para comer carne humana de seus desafetos não abriria mão desses monstros sem mais nem menos. Hércules foi obrigado a lutar contra Diomedes e, ao derrotá-lo, entregou-o às éguas, que o devoraram. Assim que as recebeu, Euristeu soltou-as e elas acabaram destruídas pelas feras que habitavam o monte Olimpo.

Não existe uma ordem definitiva para os doze trabalhos. Os livros que narram as tarefas começam pela morte do leão da Nemeia, mas alguns colocam a destruição das aves do lago Estinfale depois da limpeza das cavalariças de Augias; outros, a busca do cinturão da rainha Hipólita como o último trabalho.

Aqui vamos considerar como nona tarefa a de buscar, para a filha de Euristeu, o **Cinturão de Hipólita**, a rainha das amazonas. Esse trabalho apresenta versões diferentes para a sua realização. As amazonas eram filhas de Ares, deus da guerra, e da ninfa Harmonia, e habitavam um reino da Ásia que, portanto, não ficava na Hélade, como a Grécia se chamava na época. Eram guerreiras temíveis, excelentes cavaleiras e não toleravam homens em seu território. O cinto de Hipólita fora dado por seu pai, Ares, e era um triunfo cobiçado pelas princesas. Um cinto presenteado por um deus, vestido por uma rainha guerreira e que não podia ser buscado por nenhum homem: aparentemente uma missão impossível.

Não para Hércules. Como em outras ocasiões, ele pediu o auxílio de vários heróis amigos, Peleu, Telemon e Te-

seu da Ática, um dos homens mais lindos da Grécia. Teseu não só convenceu a rainha a ceder o cinto, como, segundo alguns, se casou com ela.

O décimo trabalho de Hércules foi a busca pelos **Bois de Gerião**. Gerião era um gigante monstruoso de três cabeças, três corpos dos quadris para cima e duas pernas possantes. Habitava a ilha de Erítia, muito longe da Grécia para os padrões da época, e era dono de um rebanho muito cobiçado. A conquista dos bois – necessariamente acompanhada da morte do gigante – seria apenas uma pequena vitória, porque uma coisa era derrotar um gigante desse porte e seu cão Ortro, tão monstruoso e feroz quanto ele, outra, provavelmente mais difícil, era voltar para Micenas pastoreando esse rebanho.

Mas Hércules conseguiu! Matou Ortro com sua clava, matou Gerião a flechadas e precisou enfrentar bandidos, monstros e heróis cobiçosos dos famosos bois vermelhos. Chegou à ilha atravessando o deserto da Líbia e as costas da África entre Gibraltar e Ceuta e voltou seguindo o litoral de territórios que hoje conhecemos como Espanha, França e Itália, antes de entregar os bois a Euristeu.

As aventuras paralelas com que Hércules se defrontava traziam sempre repercussões importantes para o destino das várias casas reais gregas ou relacionadas com elas. A cultura grega influenciava todo o reino conhecido na época; por isso, era comum o culto dos deuses gregos se espalhar por outras regiões. Foi o que aconteceu com Troia.

Troia era uma cidade da Ásia Menor, com relações comerciais importantes com as cidades gregas. Conta-se que suas muralhas teriam sido levantadas pelos deuses Apolo e

Posídon e que o rei Laomedonte teria se recusado a pagar o prometido por essa construção. Os deuses, em punição, obrigaram o rei a expor sua filha Hesíone a um monstro marinho para ser devorada. Hércules que passava por ali, voltando da busca ao cinto de Hipólita, combinou com o rei salvar sua filha em troca de determinada recompensa. Conforme o prometido, Hércules matou o monstro e salvou a princesa, mas o rei não cumpriu a promessa. Mais tarde, em outra oportunidade, o herói reuniu um exército de voluntários e atacou Troia matando o rei e todos os filhos homens, com exceção de Podarces, o mais novo, e entregando Hesíone a um herói amigo, Telamon da Tessália. Por alguma razão, Hércules permitiu a Hesíone que escolhesse um escravo e ela escolheu o próprio irmão, Podarces, e depois comprou sua liberdade.

Podarces se chamaria mais tarde Príamo, que significa comprado ou resgatado, e nunca perdoaria aos gregos pelo rapto da irmã, mesmo ela tendo se tornado rainha da Tessália. Em represália pelo rapto mandaria, anos depois, uma expedição à Grécia, e um dos seus filhos, Páris, raptaria Helena, rainha de Esparta, desencadeando uma longa guerra contada por Homero no poema *Ilíada*.

A primeira versão escrita da *Ilíada* foi publicada no século VIII antes de Cristo, durante o governo de Psístrato, em Atenas. Hércules é personagem de algumas peças importantes da dramaturgia ática – região onde ficava essa cidade-estado – no chamado século de ouro da Antiguidade clássica, o século V a.C. Conhecendo o mito de

Hércules e suas duas incursões por Troia, fica mais fácil entender por que os gregos escravizaram Hécuba, viúva do rei, suas filhas e noras e mataram todos os filhos e netos homens de Príamo, quando finalmente conquistaram e destruíram Troia.

Uma das grandes qualidades da mitologia – ou uma de suas grandes contribuições, conforme compreendiam os povos antigos – é exatamente lançar luz sobre as ações humanas no decorrer das histórias vividas por gerações de uma mesma família e da história vivida por todo um povo: a repetição de erros, a ambiguidade de sentimentos, o círculo ininterrupto de vinganças e desrespeito combinados e as consequências inevitáveis.

Essa e outras aventuras paralelas de Hércules estão na coleção *Mitologia* do estudioso brasileiro Junito de Souza Brandão. Apesar de não ser de tão fácil leitura quanto os livros de Monteiro Lobato, valem o esforço, porque o autor faz um panorama muito bom da trajetória desse e de outros heróis gregos.

O décimo primeiro trabalho de Hércules foi a busca dos **Pomos do Jardim das Hespérides**. Nessa ocasião, Hércules passou pelo Cáucaso onde Prometeu, amarrado a um rochedo, sofria o castigo de ter o fígado comido diariamente por um abutre enviado por Zeus em punição por ter, entre outros atrevimentos, ensinado aos homens o uso do fogo. Prometeu fez muito pelos homens além de ensiná-los a usar o fogo, e um pouco mais sobre esse semideus grego (na verdade, um titã) está no reconto *A caixa de Pandora*, da coleção Reconstruir.

Poucas palavras e muita informação. Assim são as histórias da mitologia grega. O importante a se contar é que, apesar de Prometeu estar sendo punido por Zeus, Hércules,

seu filho, pôde libertar o titã. Assim era Hércules e assim eram os heróis gregos. Combatiam injustiças dos deuses, faziam suas próprias injustiças, serviam a seus povos ou a seus ideais de justiça, mesmo que para isso cometessem desastres maiores do que os que combatiam.

Voltando ao décimo primeiro trabalho, Hera, esposa de Zeus, recebeu de presente de casamento pomos ou maçãs de ouro que plantou num jardim vigiado por três ninfas e um dragão de cem cabeças. As três ninfas eram conhecidas como Hespérides, daí o nome do jardim. Hércules descobriu que somente o deus Nereu sabia onde ficava o jardim; após insistir muito, conseguiu que ele revelasse o local.

Libertar Prometeu acabou ajudando Hércules em sua tarefa de buscar as maçãs, porque o titã – que tinha esse nome porque era "aquele que vê antes" – o orientou a incumbir Atlas, pai das ninfas que viviam no jardim, de pedir as maçãs às filhas. Atlas sustentava o mundo nos ombros e aceitou a incumbência desde que Hércules o substituísse. Assim foi feito, e o titã buscou as maçãs, mas, ao voltar, declarou que ele mesmo as levaria a Euristeu, porque estava cansado do tormento que era sustentar todo aquele peso. Hércules fingiu concordar, pedindo apenas que Atlas segurasse o mundo o tempo suficiente para que ele fizesse um suporte que poupasse seus ombros desacostumados àquela tarefa. Como Atlas cometeu a ingenuidade de aceitar a troca, Hércules pegou os pomos de ouro e foi embora.

O décimo segundo (e último) trabalho de Hércules foi a descida ao reino dos mortos, o reino de Hades, para capturar **Cérbero**, o cão de três cabeças, guardião das sombras dos que morriam e dos vivos que, porventura, se atrevessem a entrar lá.

A questão é que os vivos de fato se atreviam a entrar no inferno. Uma das provas de iniciação dos heróis gregos era justamente a *catábase*, a descida ao reino dos mortos para retornar vivo. Era a maior prova e havia alguns preceitos a seguir: entrar, pegar o que fosse preciso e possível e sair. Sem comer, beber ou se sentar no inferno. Sem olhar para trás na saída. Quem entrasse e saísse teria praticado a *anábase*, a vitória sobre as próprias fraquezas. Foi assim com Psiquê (Alma), que, para recuperar Eros (o Amor), foi encarregada por Afrodite de pedir a Perséfone um cofre com a beleza eterna. A história completa está em *Eros e Psiquê*, também da coleção Reconstruir.

Perséfone era filha da deusa da fertilidade, Deméter, e fora raptada por Hades num dia em que passeava por um jardim na Terra. A mãe foi se queixar do rapto a Zeus, o qual permitiria que Perséfone voltasse para sua companhia se não tivesse comido nada no inferno. Perséfone, no entando, havia comido sementes de romã. Não poderia mais sair. Deméter, desesperada, mergulhou a terra num inverno sem fim. Nada brotava, gente e animais morriam de frio. Afinal, Zeus promoveu um acordo entre Hades e Deméter. Perséfone passaria metade do ano no reino subterrâneo e metade na terra. Daí surgiram as estações do ano: primavera e verão no período em que mãe e filha passavam juntas, outono e inverno quando ela voltava para Hades.

O herói que quisesse se aventurar no Hades precisava ir a Elêusis onde se fazia o culto a Deméter para ser iniciado aos mistérios da deusa e ali se purificar e fortalecer.

Hércules fez isso e só depois partiu para sua missão. Ser herói, na Grécia antiga, dava trabalho.

Capturar Cérbero era a tarefa mais difícil por várias razões. A primeira dificuldade era a entrada. Para chegar ao reino de Hades, era preciso atravessar um rio que separava o mundo dos vivos do mundo dos mortos. Quem fazia essa travessia era o barqueiro Caronte, em troca de uma moeda chamada óbolo. Caronte atravessava as sombras, e Cérbero as impedia de sair. A segunda dificuldade era a de que todos os monstros que apavoravam os vivos moravam no inferno. Os pesadelos dormiam pendurados de cabeça para baixo nas árvores; a Guerra arrastava atrás de si as sombras dos mutilados em combate; a Discórdia exibia sua cabeleira de serpentes atadas com fitas sangrentas com que tentava irmãos, amigos, pais, filhos; os fantasmas dos monstros mortos pelos heróis perambulavam por ali, e os próprios heróis, quando os deuses julgavam que seus malfeitos superavam as proezas, eram condenados aos suplícios de fome, sede e frio no reino de Hades.

Hércules conseguiu entrar sem se envolver com as sombras em demasia, apesar de encontrar velhos amigos e inimigos por ali, e conseguiu que Hades lhe desse permissão para levar Cérbero, desde que o derrotasse sem armas, numa luta corpo a corpo. Hércules conseguiu agarrar duas das cabeças do cão infernal e só não foi morto pela terceira por causa da pele invulnerável do leão da Nemeia que lhe servia de escudo. Sufocou até a morte uma das cabeças e se desvencilhou dela, agarrando a terceira, que continuava tentando lhe cravar os dentes. As duas cabeças sobreviventes foram sufocadas o suficiente apenas para amolecer, de forma que o herói pudesse colocar focinheiras nas duas e arrastar Cérbero para fora do inferno.

Assim dizem que aconteceu uma parte da trajetória de Hércules. O mais importante, na mitologia, não é o que realmente aconteceu. É o que se aprende com as proezas dos heróis que nos antecederam.